Character File

余生

Profile

♪16歲　♪高一生
♪50kg　♪168cm

喜歡聽音樂、唱歌，是音樂天才。
不過在稍微熟識她的人眼中，
她是一個很頹廢的天才。
有時候會帶著單眼到具有文化氣息
與土地記憶的古蹟上攝影。

Character File

林天青

Profile

♪16歲　♪高一生
♪60kg　♪175cm

吉他手，做詞人。
喜歡看書、聽獨立音樂，
喜歡作家、獨立歌手，
也喜歡音樂創作。
會在意自己在意的人，除此之外，
金錢、名聲等其他事物都不在意。

GOBOOKS
& SITAK
GROUP©

三日月書版

往日餘生
AUTHOR
微混吃等死
ILLUST 手刀葉
Before the Rain
青雨之絆前傳
輕世代 FW369
三日月書版

青雨之絆前傳
AUTHOR 微混吃等死
ILLUST 手刀葉

往日餘生

Before the Rain

Contents

chapter 0

Before the Rain

（微夏）

初夏。

點點蟬鳴。

走在空無一人的學校裡，清晰地感受到過於熾熱的溫度。黏膩，揮之不去，空曠的教室、乾淨的黑板，彷彿能看見在陽光下無所遁形的塵埃。

我走在走廊上，無意識地眺望操場上幾隻懶洋洋躺著的貓。

現在是暑假啊，升上高一前的暑假。

「就是這裡了吧。」

穿越走廊，爬上了樓梯，我看見了熟悉的教室。

「……」

在寂靜至極的環境，甚至無需側耳傾聽。

鋼琴聲，隱約流轉。

我推開門——琴音入耳。

是她。

從窗外映入的飽滿陽光，渲染了我眼前的鋼琴教室，與輕閉著雙眼彈琴的她。

金黃色光芒，讓她暖橙色的短髮更加耀眼。她的雙手在鋼琴上靈巧舞動，洋溢色彩的音符令人陶醉。

一時恍神。

那是一首曲風輕快、時而悠哉，適合在午後聆聽的樂曲。

發現了我，她先是歪歪頭，隨後右手向鋼琴右方滑去，一時間連續敲動了無數音符。纖細的手腕吸引了我的視線，在半空嘎然而止。

我揉揉眼睛。剛才似乎一瞬間看到了無數色彩揮灑在半空中。

「嗨，林天青。」

「午安。」

「你怎麼知道我在這裡？」

「剛好猜對了。」

「是嗎？那剛才你看到了什麼顏色？」

「……」我微微一愣，隨後正面走近她，無數言語在心中閃過，最後我篤定說道：「青春的顏色。」

「哦？」她也不作懷疑，只是露出彷若晴天般的燦笑，「那一定很美吧。」

何止很美，簡直美得令人摒息。

穿著一身駝黃色短版T恤，微微露出腰，搭配高腰牛仔短褲的女孩——夏橙，用手輕撩額前的短髮後，雙手再次擱在鋼琴上。

空曠的音樂教室、無人經過的廊道、乾燥的空氣，蟬鳴此起彼落。

還有空無一人的校園裡永恆的靜謐。

「……」

在這裡三年了。

我這才意識到自己竟是這麼喜歡這所學校。我把特地為她買的柳橙綠茶放到桌上，手上留著一杯冰咖啡。

「夏橙，妳最近好像很常練琴。」

「有嗎？最近就是特別想彈鋼琴而已。」

「說到這個，我看妳每天晚上直播，越來越多人聽了。而且妳還是戴面具或是把臉截掉，要是妳露臉的話……」

「啊哈，但我暫時不想。」

夏橙想也沒想，搖著頭、晃著短髮，很直率地坦露了情緒。

「你呢，林天青？」

她隨口一問。隱藏在活躍的眉毛之下，夏橙天真的眼瞳裡富含了更多言語上沒有表達出來的情緒。

我還有在彈琴嗎？

僵了一會兒。

我靜靜地搖頭，避開了這個問題。

說歸說，眼前這位看似平凡的準高一生——夏橙，其實是小有名氣的Youtuber。晚上她有空就會開直播，跟觀眾聊天、彈鋼琴，有數十萬的訂閱，無疑是一位小網紅。

但也正因如此，鮮少人知道直至今日，夏橙每天仍花費兩個小時練琴。雖然跟以前花費的時間比起來少了很多，但她還算是努力吧。

夏橙從椅子上站起身。

高腰的牛仔短褲讓她的一雙長腿展現出來。她用手輕揮開駝黃色的上衣下襬，若有所思地把手指放在下巴上。

「林天青，幫我拿一下柳橙綠。啊，謝謝你幫我買。」

「喔，好。」

「喔……」夏橙接過柳橙綠，喝了一大口，「啊——拯救世界了。」

冰涼的手搖杯大概讓她的腦袋降溫了吧。

她環視了一遍音樂教室與正隨風搖擺的白色窗簾，窗簾後方遮不住的是午後的金黃色光芒。

照耀了整間教室。

迎著些許光芒，夏橙對我眨了眨眼。

「啊，林天青。」

「嗯哼？」

「在這裡直接播彈鋼琴的直播，是不是還沒有人這樣做過啊？」

「妳想現在拍？」

「我想。」

「……」當夏橙說我想，就沒有人能阻止她了。

「你看，從你的角度照過來，背景帶上教室的窗戶還有窗簾，燈光來自夏天的太陽，光影很自然，整個感覺就很放鬆、自在吧。」

「是沒錯啦。」

夏橙是個說做就做的女孩，她見我沒有反對，立刻從書包裡掏出手機，開始幫手機裝上直播用腳架，動作俐落無比。

看著夏橙如橙子一般的可愛髮色，鮑伯頭呈現了她天然與單純的一面，是一個讓人很容易放下戒備，心生好感的女孩。

「我來幫妳看看效果。」

「行。是說，我現在很好看吧？」

「有人會問別人這個問題嗎？哈哈。」

「那就是好看了。」

夏橙燦爛一笑，點點櫻紅出現在她臉蛋上的小酒窩。她在覺得最適合的位置放下手機，不疾不徐地走回鋼琴前。

準備直播了。

我找了個靠窗的牆面依靠著牆面坐下，拿出手機滑出她的直播。

『夏天裡的貓。』

隨意一開的直播，在線人數已經突破兩千人了。

「啊哈，大家好，我本來在學校練琴——臨時起意來開直播啦。」

她的聲音具有活力，能輕易勾起他人的興趣。那也是一種對什麼事都充滿好奇、願意嘗試，對這個世界本身非常感興趣、很有生命力的聲音。

跟我比起來天差地遠。

直播間的人數很快就多起來了，夏橙也開始試著彈奏。

從手機畫面裡看不到她的臉蛋，只看得到隱約出現在鋼琴前方的肩膀、鎖骨與纖瘦嬌小的身形，還有她正輕快、自信無比地彈奏著的雙手。

「……」

好聽得一如既往。

聽著夏橙不費吹灰之力染上青春色彩的琴聲，就知道她本人肯定正處在最美的玫瑰色青春生活之中。正因如此，才能彈奏出這樣的音樂。

看著她在午後投入地練琴，讓這個夏天裡的平凡一日變得更加美好。

「希望之後我們還能同班。」

我輕聲地許下願望。理所當然地，被琴聲吞沒。

我只想把時間浪費在美好的事物之上，浪費在這一個下午，再適合不過。

如果說每個人都有代表色，看到那個顏色就能想到她的話，夏橙的代表色一定是橙色。

明亮而獨特，融於群體卻能在群體間大放光彩，吸引絕大多數的視線，卻又不出格。

橙色，最適合形容她了。

她所彈奏的音樂，也完全呈現出她的個性。

能帶給人歡笑、帶給人快樂，就像是為整個環境灑上糖霜、染上暖色系的色調，讓人宛若置身童話。

我想，這也是她的直播在短時間內紅起來的緣故吧。

「走吧，林天青！」

直播結束，在夕陽下山前，夏橙對坐在地上的我伸出手。

夕陽的暖橙色、暗紅色、橘色混合出一道複雜卻美麗無比的色調，映照在夏橙的臉蛋上，「回家嘍。」

「嗯，好。」我伸出手握住她的手，隨著她往後一拉，我站了起來。

我們一起走在回家的路上。

國三畢業的暑假，大人常跟我們說，這是人生中最後一個無憂無慮的長假。

還是准高一生的我，根本沒有花費一分一秒思考這個問題。對於正在享受無盡青春的我們而言，這個問題過於遙遠，也無從想起。

只要還在學校裡，只要還是學生，我們在人生裡或許都還放著長假吧。

從學校回家的路上，會先到夏橙家。

在夏橙家前方的路口，我們互相揮手道了別。

「到我家了。」

「……」

「林天青，那個，我最近彈的琴……聽起來怎麼樣呢？」

「聽得出來是妳在彈，琴音跟風格都很有活力。放心，品質還是很高的。」

「那就好，哈哈。」

「那我也走啦，下次見。」

「好喔！」

直到今天，夏橙有時還是會跟我確認她彈的琴好不好聽。

夏橙一蹦一跳地回家了。

我看著她的背影，一邊思忖為什麼她都不會感到疲倦，一邊繼續往前走。

雖然今天沒做什麼事，但到了夜幕降臨前夕，我還是有點累了。

下午那杯咖啡並沒有什麼效果。

「再喝一杯好了。」

車站前有間新開的獨立唱片行，也有賣不俗的咖啡。都是單品咖啡豆，喝起來很享受。

高雅的咖啡清香很迷人。

那間獨立唱片行很有意思，常常有作家、獨立樂團的歌手、搞社運的媒體創作者、新創產業者聚集在那裡。門口有個小小的空白區域，常有人在那裡駐唱。

獨立唱片行離這裡很近，想想也沒事的我雙手插進口袋裡，往車站一路而去。

沒有走多久就到了，夜幕正好降臨。

最後一點的自然光也消失了，只剩下周圍商家與一盞盞路燈。

恰如其分的灰暗。

這座車站不是什麼三鐵共構的大型車站，就只是一個位於城市邊緣的小型捷運站。十年前，這裡還是個火車站。因社區發展需求，火車站也就改建成了捷運站。

有些商家聚集在捷運站周圍。

我走在夜色中，熟門熟路地找到那間獨立唱片行。

原木色、灰色、白色，淺淺的北歐色彩拼成門面的唱片行映入眼裡。傍晚，店內透出明亮的白色光芒。隔著半敞開的透明門，我遠遠地望見了老闆在櫃臺後方看著書，戴著黑灰色圓框眼鏡的他十分斯文。

「……」

等等。

因為太常來這裡了，我並未留意路邊景色。

透著咖啡香氣的空氣間，似乎還有一股淡淡的清冷香水氣息。過於低調，但在這裡依然被凸顯了出來。

先是一股氣息，而後是幾聲吉他的音符。

有人在彈吉他。

我回首一望，這些動作其實都很自然，我甚至並未思考，只是順從當下的意識行動而已，我從未想過這些平凡的舉動會讓我深深跌入一個坑中。

一團黑色坐在那裡。

仔細一看，是一個穿著黑色風衣、一頭散漫長髮的女孩，正坐在咖啡館前的空地。剛才我並沒有注意到，原來那裡一直有個人。

吉他聲流轉。

聲聲緩緩、隨性而奏，就像是刻意慢著幾拍，瀟灑而任性。要彈不彈的隨意，正好勾住了我。

一身黑色的她坐在一張折疊椅上，翹著曲線漂亮、白皙光滑的雙腿，雙手漫不經心地抓著吉他。看似漫不經心，卻彈奏著迷人的樂聲，慵懶而散漫。

一瞬間，整個環境的節奏都慢了下來。

她放縱了浪漫與頹廢。

「……」

何方神聖？

我有些傻眼。

下午才沉浸在夏橙閃耀光彩的青春音符之中，晚上又聽到了另外一個風格截然不同，存在感同樣強烈的音樂。甚至眼前這個一身黑的女孩彈奏的吉他……

更加具有衝擊感。

獨一無二。

我走近正在演奏的她，認真地看著，專注地聽了起來。

是一個年紀跟我相仿的女孩。

她長度及肩的霧灰色髮絲髮尾部分稍稍濡濕了。垂落額頭、長度及眼的內彎瀏海倒是沒有沾上雨水，依然輕盈。

她唱著歌。

起初，慵懶的聲線聽起來很舒服。後來，女孩的眼眶漸漸泛紅，近乎是強忍著淚水、鼻音與抽泣，勉強地唱著。

唔，為什麼？

究竟是遇到了什麼，才會讓她這樣一位看起來颯爽無比的女吉他手，在駐唱時忍不住哭出來呢？

非常好奇。我心有疑問，卻不敢多問，到底要不要問？

在猶豫間搖擺，最後我一咬牙，勇敢地走向前。

「妳彈得好好聽。」

「……」

「刻意慢了一拍，確實很吸引人，就是別做得太過分了。」

她聽到這句話後，終於抬起頭。

我第一次看到她隱藏在灰暗與黑暗之下的臉蛋。月光映襯了她的肌膚，讓她的臉蛋更顯蒼白。

她以極富有磁性的聲音問道：

「你也在彈吉他嗎？」

「嗯，我會。」

理所當然地回應，光是說出口的瞬間，我就想對自己翻白眼，但已經太遲了。

天啊，誰知道我上一次彈吉他是多久以前了。又有多久，我早已不再演奏任何樂器了。

我正想改口，女孩卻從椅子上站起來。

幾乎跟我一樣高了，是個高挑的女孩子。

她單手輕揮開霧灰色的長髮，一邊作勢把吉他遞給我。

那是不容抗拒的氣勢。

「你也彈彈。」

「……」

「怎麼了？只是說說而已嗎？」

「……」

「不想彈嗎？那別彈了。」女孩也不等我拒絕，在半空中就準備把吉他收回懷裡。既沒有多勸，也無意降低姿態。

「……」

我仰頭望了眼灰暗的天空，再隔著半敞開的門，看了一眼正在煮咖啡的老闆。

屋內明亮而溫馨的光芒吸引著我，微微流洩而出的輕柔音樂也再再呼喚著我。

前進。

後退。

還是就地迷茫？

我再次選擇了順從內心的答案。

「不好意思，我不彈吉他很久了。」

「哦？」

「不過我還是很喜歡聽音樂、看別人演奏音樂，或是聽人唱歌，我都很喜歡。」我實話實說。

像是在空無一人的學校裡聆聽夏橙熱情洋溢、閃耀光輝的琴聲，再久都不會膩。

霧灰色長髮的女孩僅是斜傾著頸子，任憑一側較長的髮絲傾洩。她似乎在想什麼，那雙過於深邃、如若深空的雙眼，並不是我所能探究的地方。

太過迷人。

太過神祕。

我往台階上走上一步，「妳彈的吉他很有特色，有強烈的個人風格。就算只是隨意唱歌也具有磁性，很抓耳。怎麼樣，要一起喝杯咖啡嗎？」

「嗯哼。」

她輕哼了一聲，不明所以，但看來不是拒絕的意思。

「在這裡喝吧。」

她自若地舉起拿著吉他的手，往遠方一伸——指向不遠處的空地，那裡是捷運站外的空曠青草地。深夜時分，這裡只有偶爾出站的路人，還有零星的商家。

「好啊，妳想喝什麼？」

「一杯冰卡布奇諾。」

「OK。」

從獨立唱片行的老闆手中，我買到了今天第二杯冰拿鐵與一杯冰卡布奇諾。對我來說，卡布奇諾的味道比拿鐵更加複雜，我很少喝。

我帶著兩杯咖啡走出來時，女孩已坐在不遠處的青草地，對我揮了揮手。

霧灰色的她坐在一張小石椅上，一雙修長的腿從寬大的風衣下透了出來，任性地往前延展，輕易奪走了我的視線。

她穿著一雙短靴，正好將腳踝隱藏起來，很符合她給人的那股強勢、凌人氣勢的感覺。

我把卡布奇諾遞給她。

「謝謝。」她簡扼地說，並把頸後的黑色風衣往下褪去，一頭霧灰色的長髮頓時散了出來。

「我有個問題想問。」

「什麼問題？」

「妳為什麼剛剛彈吉他的時候好像快哭了呢？」

女孩白了我一眼。

「你這麼想知道嗎？」

「也不是。」

「不是的話就不要問了。」

「……」

「我……只是剛好想起以前在這裡聽到的一場演奏而已。」霧灰色的她，深邃的雙眸望向遠方。

她輕抿嘴唇，在無盡的黑夜之中，彷若深思著什麼。

「喂，你叫什麼？」

「我叫林天青，妳呢？」

「我叫余生。」

——這即是我與余生第一次的相遇。

chapter 1

Before the Rain

（初夏）

高一生活的剛開始，前幾天我都還沉浸在沒有跟夏橙分在同一班裡的悲傷之中。

好吧，其實也沒有特別悲傷，就是有點失望。畢竟過去三年我們一直在同一班，只要我想跟她聊天，走到她桌子旁邊就好了。我們可以一起去合作社，也可以坐在一起吃午餐，現在都不行了。

「噯，林天青。」

「怎麼了？」

「絕對不要把我在直播的事跟別人說。」

「咦？為什麼？」

「沒有為什麼。」夏橙輕盈的短髮搖曳，補了一句：「就是我還不想而已。」

我還不想而已。夏橙說過很多這樣的話，彷彿那些決定都被盡可能地推遲到未來，把必須要做的決定盡量留給更成熟、更游刃有餘的自己。

無論如何，她不想被人知道。

「嗯，那我不會跟別人說，妳放心。」我承諾道。

身為數十萬訂閱的小網紅，夏橙有自己的顧慮，她一直沒有露臉。

現在Youtube與Twitch上也有幾個靠不同方式吸引了大量訂閱的音樂人，有些靠COS，有些就是靠正。夏橙當初是想說一時好玩，沒想到在短時間內一下就紅了，這多少也讓她無所適從，但她很快就適應了。

運氣不一定會降臨在努力的人身上，但注定會被有自信的人所掌握。

就算分班了，我們的距離一時間還沒有因分班而拉遠，只是我偶爾會暗自想像。

人都會變化，尤其像是我們這樣剛升上高一、視野正在變廣的學生，我們都會變。

要是夏橙變了，會變成什麼樣的人呢？

沒有多久，我開始在班上認識了一群新的朋友，班上的同學們也漸漸打成一片，並沒有因為大家來自不同的學校、不同的地域而產生隔閡，很快就都混在一起。可能也是因為大家都社會化了吧。

「林天青！」

「早安早安。」

「你昨天有看大嘻哈嗎？裡面那個青蛙好屌！」

「我有看啊，他好像跟我們一樣大吧。」

僅憑一曲成名，僅憑一曲點閱破三百萬。

他在極輕的年紀展現極穩的快嘴與天生歌手的嘻哈功底，成穩的台風更看不出來年僅十五。

跟我年紀一樣大，但他做到的事卻已天差地別。

無所謂，我寧可當一條快快樂樂的雜魚。

吃吃喝喝、聊聊唱唱。

在不知所以、並未察覺到時間的流逝前，我融入了新班級與新學校。

夏末，秋初。

在我意識到自己終於從准高一生變成高一生後，專為新生舉辦的社團招募會也隨之而來。

台上的老師認真地建議我們：

「你們要找到自己的興趣，不然未來可能也不知道想做什麼。趁現在還早，年紀還小，趕快多嘗試。」

「……」

好像有點道理，社團好像是高中裡滿重要的事。

我們有兩節課的時間，可以在想去的社團逛來逛去，最後選擇一個社團加入。只可惜，我沒有什麼特別喜歡的愛好可以引起強烈的意願，讓我加入某個社團。

朋友們早已分散，去了各個社團。

「……」

去哪裡好呢？

剩我一個人，我望了一眼藍天，漫無目的地在走廊上走動。

體育系社團？太累了，而且會流汗，不想。

文藝系社團？像是電影賞析社之類的？

就是在學校看電影，我在家看很多了。NetFlix 都刷爛了，刷到每次挑片都要挑半小時了，不想。

那還能去哪裡啊？

沒有特別傾向什麼，也沒有特別想做什麼，我就在學校裡漫步。

回過神，我竟已走近學校的一角，這裡比較少教室。

教室外圍有座青草地的庭園，散發淡淡的芬芳，寥寥幾棵樹迎風而立。

這裡給人一股微微的清冷感。

「……」

我在庭園裡停下腳步。

閉起眼睛，豎耳傾聽。

或許是命運吧，我聽到了吉他與鼓聲，甚至還聽到了更加柔和的鋼琴與弦音高亢的小提琴聲。

音樂？居然是音樂。

即使當一個無根浮萍漂浮，最後命運仍讓我飄向了有音樂的地方。我略顯無奈地嘆口氣，決定往聲音傳來的地方前進。

聲音乍聽之下來自四方，混合著回音，但我稍稍聆聽便辨別出了正確的方向，這對從小聆聽大量音樂的我並不是什麼難事。

這裡是學校音樂社團集中的地方吧。

我走向某個看起來不起眼的教室入口。

推開門，一時間無數音樂化為音浪，朝我衝來。

定睛一看，裡面別有洞天。

那是一個在角落裡的教室，看起來至少打通了兩間、甚至三間的教室大小。沒有傳統的課桌椅，都被清空擺上各式樂器。

這裡似乎是流行音樂社團的所在地。

幾群同學以四個角落為中心分別散開，似乎分成了四個小組。

我瞥見了木吉他、電吉他，還有幾架鼓。

「……」

一個看起來像是學姊的女生走上前，溫和地詢問道：

「午安，你是新生嗎？」

「是。」

「你是想來看看我們社團吧？我們這裡是流行音樂社，主要研究流行音樂，給大家一個交流的地方。」

「喔……」

在稍顯吵雜的環境下，實在聽不到什麼好聽的音樂。

有些意興闌珊，我四處張望。

那名學姊見我冷淡下來，又開口問道：「同學，你會什麼樂器呢？還是說，比較傾向當主唱？」

「唔？社團裡是有樂團的嗎？」

「有喔。」

這倒是勾起了我的好奇心。

流行音樂社的學姊走向教室中間，拍了拍手，大家慢慢地安靜下來。哦？這樣看起來她應該是社長之類的人物吧。

「大家好，歡迎大家來到流行音樂社，我是這裡的副社長。」

「……」

不得不說，她站在教室中央的台風淡定自若。

「社長最近生病了，暫時不會來。」她以溫和的口吻續道：「讓我解釋一下。雖然我們的社名是流行音樂社，但大家都在玩音樂吧？也都知道最近幾年獨立音樂跟流行音樂的藩籬早就打破了，很多獨立音樂的傳播性都比流行音樂更強、更出色。」

「……」這確實是。

「我們社團的主旨很簡單——不管是什麼音樂，都希望大家能在這裡交流，找到志同道合的伙伴。現在社團裡是有幾個樂團，也都有登台表演的經驗。那個……再睡一夏，你們最近不是在寫一首新歌嗎？」

隨著學姊點名，最遠處角落的幾個本來坐姿懶散、一副悠閒的同學稍微動了一下。

他們不是高二，就是高三的同學吧。

大佬就是大佬，馬上開始已控制得當的聲音開始低聲交談。

「怎麼辦？副社長叫我們唱耶。」

「你們要唱嗎？」

「現在不唱，她等等一定會生氣。」

「她生氣又要跟社長說了，還是唱吧。」

「行吧，昨天剛好我有練了一次……」

「乾，你至少還有練一次，最近我都在混吃等死……」

「快點好嗎？」

副社長臉蛋上掛著微笑，但她早已不動聲色地走到大佬面前，單手插腰，盯著學長們。

在林于涵的催促下，大佬們馬上開始整裝待發。

再睡一夏……這是他們的樂團名吧？

我眨眨眼，微微一撇頭，似乎從來沒有聽過這個樂團。

理論上但凡有一點名氣、有在網路上活躍的樂團我都可能聽過，但再睡一夏這個名字非常陌生。

「……」

隨著大佬們走向教室最前方的舞台，我望著他們的背影，注意到教室的另一側居然有一個熟悉的身影。

不對，真要說的話是兩個熟悉的身影。

渲染金黃色光彩的夏橙。

籠罩霧灰色灰階的余生。

她們雖然都穿著剪裁的合身白色制服、搭配提高腰際的黑色百褶裙，隨意一看彷彿是兩個普通的女高中生，但其實都不是。

夏橙的頭髮是暖橙色，戴著米色的手環，手上的手機殼則是淡淡的櫻粉色。

余生的頭髮是疏離而特別的霧灰色，她戴著深黑色的頸鍊，手機則是午夜綠的顏色。

「……」

兩個人的對比過於強烈，仔細一看，我忍不住蹙起眉頭。

她們兩人站在一起，不時輕聲交談，身子幾乎靠在一起，沒有不熟的人之間的安全距離。

夏橙眉開眼笑，伸出手去碰余生在眉毛處內捲、輕挑的瀏海，被余生微生氣地撥開，還瞪了她一眼。

什麼？這兩個人其實認識？我怎麼不知道夏橙認識余生這麼特別的存在呢？

意外意外。

趁著大佬們走到舞台上安置樂器的最後幾分鐘，我連忙走到她們兩人身邊。

我伸手輕點夏橙的肩膀。

「夏橙，妳也來了啊。」

「……」夏橙轉過頭，先是一臉疑問，困惑的表情隨後化為了震驚，「哇哇哇———林天青，你迷途了嗎？」

「有這麼誇張嗎？」

「這裡是流行音樂社，你知道嗎？」

「信不信隨便妳。我其實是碰巧走到這裡的，想說不知道去什麼社團，乾脆進來聽聽。」

「那看來你跟音樂太有緣了。」

「……」

「一直這麼有緣，是逃不掉的喔。」夏橙若有所指地附在我身邊說道。

「……」就算逃不掉，逃是還是要逃的。

我聳聳肩，習慣性地仰頭望天。但在這裡，只望得到天花板。

我再次看向余生，余生也早就認出我了。

就在昨天，我們才一起坐在獨立唱片行前喝咖啡聊天，邊聽余生有一搭沒一搭地唱著。

她是主唱，唱功毫無疑問大於其他有實力的音樂人。正確來說，她那樣具有磁性、抓耳、一個顫音就能勾人心弦的聲線不唱歌的話，對世界本身就是種浪費。

余生微微瞇起眼，目光放在我身上。

「嗳，林天青。」

「嗯。」

「你認識夏橙？」

「是啊，從小就認識了，我們國中三年都在同一班。」

「是喔。」

夏橙難道從來沒有跟她提過我嗎？

余生似乎有些疑惑，但是沒有繼續追問。

我注意到她白嫩的頸間戴著黑色頸鍊，將她本人高傲、不可輕易靠近的氣勢再次放大。

她略帶冰冷地輕勾嘴角，拿著手機的手對舞台晃了幾下，示意我看向舞台。

大佬們終於裝好樂器了，各就各位。

「聽說這就是流行音樂社裡最完整的樂團。」

「感覺妳好像有點看不起。」

「我來這裡是真的想找到隊友。」余生的聲音透出無奈，「就算是一個吉他手也好，對我而言完全足夠了。」

「一個吉他手嗎……」

能為余生伴奏、一起登台演出，應該是很棒的體驗吧，希望她能找到好的人選。

「——你們在聊什麼，我也要聊！」

一股柑橘系的香水氣息衝到我身邊。

準確來說，是來者闖入了。依靠著柔軟嬌小的身子，自然無比地在我與余生之間擠出了她的空間。

是夏橙。

她眨了眨靈動而偌大的眼睛，一臉我很好奇。

余生似乎很習慣她這麼冒失了，正要伸手整治夏橙，舞台上卻傳來了吉他與鼓的聲音。

那是開始演奏前，短暫的試音。

我們進入了沉默。

再睡一夏——流行音樂社裡最完整的樂團，就是主唱、吉他、貝斯手、鼓手，四個人的標準編制，都是高二、高三的大佬。

在全場一片期待之中，他們開始了表演，是一首原創歌曲。

我把注意力從夏橙與余生身上轉向舞台。

不知道流行音樂社的實力到了怎麼樣的高度，至少不要讓我失望啊。

以結果來說，當天我沒有加入流行音樂社。

那是很一般的演出，談不上優異，更看不到亮點。

沒有鬥志、不想努力也沒關係，事實上很多人都是靠天賦吃飯、靠幸運過活，但舞台上的他們都沒有。

可惜了。

我微微撇頭，正想偷瞄余生一眼。

余生短嘆了一聲，二話不說，掉頭離開了社團教室，寫不盡的失落。

夏橙還在跟著大家一起拍手，不冷不熱、社交性地拍拍手。

「還可以啊……咦？余生，妳幹嘛？」

幹嘛要走啊！

她看到余生的反應，一邊詫異一邊想掉頭追去。但在最後，她沒有追上去，而是用手指向余生離去的方向。

「林天青，去追她。」

「為什麼？」

「你看不出來小余生她很失望嗎？這種時候就是你該出動的時候了。而且，剛才聽你們兩個聊天，你們應該也認識吧！」

「認識是認識……但沒有去追她的理由啊。」

「不要在這個時候給我節能主義了，快去。」夏橙眼見說不動我，還小小地焦急起來。

她用手推著我，一張鵝蛋臉都紅了。

我拉住她的手，邊答應邊把她的手拉開。

「好啦好啦，但是夏橙，妳呢？」

「我在這裡就可以了。」

「……好。」

也不知道我到底有沒有聽懂她的意思，我順著余生掉頭就走的方向，連忙快步走出流行音樂社團教室。

余生正迫切地尋找一位能為她伴奏的人。

夏橙不是。夏橙早已成名，在音樂這條路上，技術、演出、具有實力的伙伴也早已不是她全神關注的東西了。

我在社團外的青草地，看見了霧灰色的她的背影。

當時正下著微微小雨，隱藏在微弱細雨之中的她，看上去簡直與環境融為一體。要是沒有仔細看，根本找不到她。

她逕自走在青草地的邊角地帶。在巨大的榕樹下，有一張年代久遠的長條木椅。

余生翹著腳，正隻身一人坐在那裡，我揮了一下手，坐到她旁邊。

「怎樣，覺得他們的實力很差嗎？」

「如果那樣的實力在這所學校就是第一的話，我真的有點失望。」

「但妳也明白那很合理吧。」

「……」

「多數的人都是沒有什麼天賦，也不努力，運氣也不怎麼樣。所以啊，那些能在舞台上閃耀光彩的人，至少要具備上述三項條件其中一項。有越多項，往往那個人也越成功，越被人稱羨。」

「我只想找到能跟我一起努力的人。」

余生的聲線很動聽。

厲害的是，她的聲音在高音處擁有磁性、抓耳感、飄逸感，還有與之對比的放縱、頹廢、慵懶的唱腔。

她無疑擁有天賦。

余生把雙手疊在翹起來，被裙襬覆蓋的大腿上。

在睫毛處內彎的空氣瀏海因她垂頭喪氣的模樣不時往下滑落。她隨即伸手把瀏海撥回去，沒過多久又滑落下來。

天色漸暗。或許是因為下雨的緣故，染上了淡淡的泛藍。

我們的學校靠近山區，尤其在這一帶學校的角落，隱約間，煙雨朦朧。

「余生。」

「……」

「妳昨天在那間獨立唱片行前自彈自唱到眼眶泛淚，雙眼都泛紅了，到底是為什麼？」

「就說了，只是讓我想起了以前我在那邊看到的一場演奏。」

「我只是……」我拿捏著用詞，緩緩說道：「我可以問嗎？為什麼妳看起來對音樂這麼執著？」

「……」

「這有關妳的夢想？」我認真地提問。

余生乾脆地點頭。

談及夢想的她，依然颯爽。

「我想要能大聲唱出我想唱的所有歌，讓我的歌、我寫的歌給全世界的人聽到。為此，我可以犧牲很多很多東西。」

「……」

「那你呢？」余生若有所思、意有所指地側過頭。

坐在一條長條木椅上的兩人，心思差得天差地遠。

余生伸起左手，帶有壓力與試探地放到我的右肩上。這一個行為顯然是不希望我起身就走、逃避問題。

我雙手交臥在雙腿間，上半身微微前傾，卸掉余生的手。

「余生。」

「嗯哼。」

「妳說過兩次，很久以前在獨立唱片行那一帶——正確來說是以前的火車站前，聽過一場令人難忘的演奏對吧。」

「……你怎麼知道是火車站？」

「那是十年前的事了。」我無奈笑道：「是一個老人在彈鋼琴對吧？那場演出，我也在現場。」

「天啊，你也在嗎？」余生忍不住瞪大眼睛，「那是我目前聽過最完美的演奏，也最震撼到我……我一直在找那個彈鋼琴的老人呢。」

余生的聲音有抑止不住的顫抖。

簡單的描述，卻已道穿了當時的盛況。

一個老人，步履緩慢地走向鋼琴的座位。花了一點時間，終於把雙手放在琴鍵上，落下第一個音符。

一個音符，就像是劃破冬眠的第一道鳥鳴，之後頃刻流轉的音符則讓車站前的大廳內本來所有路人都忙碌無比、穿梭而過的世界，就此暫停。

所有人，像是受到磁鐵吸引似的靠向老人。

漸漸地，一動也不動，站在那裡聽著音樂。

一個人、一架鋼琴。

凍結了整座車站與路口。

十年前的網路環境還不像現在這樣，資訊傳播速度還沒有爆發。要是在現代，肯定會火速攻占所有人的社群媒體熱門頭條。

「我就是聽到那個老人演奏的鋼琴曲，才決定開始學音樂的啊。」

余生露出追憶的表情，我忍不住笑了。

「老實說，妳現在唱功已經很好了，又很有亮點、特色，其實妳完全可以試著在網路上做自己的歌了。」

「我還需要練習。就算要做自己的歌，我傾向兩人樂團，所以想要一個吉他手。」余生蹙起眉頭，雙眼看向遠方的教室，「但那裡，實力真的太普通。」

兩人樂團。

一個低調的吉他手，襯托她這種嗓音獨特、風格鮮明的獨立歌手，在獨立樂團圈中是很常見的組合。

「……」我保持沉默。

余生做完了鋪墊，下一秒切入主題。

「夏橙說你吉他彈得很好。」

「那傢伙居然跟妳說？妳們怎麼認識的啊！」

可惡，回頭必須找她算帳。

「夏橙？她小學就一起跟我學音樂了，我們的聲樂老師是同一個。對了，她唱歌也很好聽，雖然風格跟我差很多。不得不說，她那種好像很青春可愛的輕快曲風很受到大家歡迎。」

「……」

「林天青，上次被你逃掉了。這次說完我的事，該說說你的事了吧。」

「什麼事？」

余生微微傾頭，一頭霧灰色的髮絲滑落胸前。

一股清新而冷冽的淡香水氣息。

「為什麼你不繼續碰音樂了？」

「沒有原因。」

「為什麼你放棄彈吉他了？」

「……等等，我不是放棄，就只是沒有理由拿起吉他演奏而已。」我聳聳肩，「妳真的要我彈，我也可以彈。但很抱歉，彈吉他既不是我的興趣，也不是我的夢想……這樣妳懂了嗎？」

「夏橙說你彈得很好。」

「彈得很好也不代表我要彈吧。」

我沒好氣地說，卻換來余生一臉不解、難以認同。她沒有反駁我，反而是自己先陷入了沉思。

有點意思。

如前面所言，多數的人都是沒有什麼天賦，也不努力，運氣也不怎麼樣。所以啊，那些能在舞台上閃耀光彩的人，至少要具備上述三項條件其中一項。而我就算具有天賦，我也不想努力，更沒有運氣。

了解一下吧。

見余生似乎漸漸理解了我，我決定多補充幾句：

「彈吉他、練琴這麼辛苦，說實話，刷刷手遊、追追劇、跟朋友出門逛街看電影，哪一項不比練琴舒服快樂呢？」

「……」

「這樣妳明白了嗎？」

余生在沉思後終於得到結論，她俐落地站起身，由上而下略帶憐憫地望著我。

「林天青，你只是在麻醉自己而已。」

「……」

「營造一種狀況，讓自己看起來正陷入迷茫，對於逃避來說最方便不過了吧。」

「……」或許吧。

我不知道自己的臉色怎麼樣，但肯定很難受、很僵硬吧。

不知如何回應。

余生深邃的雙瞳一如籠罩在濃霧之後的群山，難以捉摸、難以看穿。她直勾勾地盯著我看，那個視線彷彿看穿了我的內心。

正因如此，我低頭避開了。

「……哈哈哈哈哈哈哈。」

「……妳笑什麼？」

「沒事。我突然發現，林天青，跟你在一起應該很好玩。」余生壞壞地笑了一下，她揮了揮手，「你不想彈就算了，但我們還是可以一起去聽音樂。介紹樂手給我，這你總做得到吧？」

「應該可以。」

「行，那假日我們找時間去一趟LiveBand，去聽音樂享受一下。」

「好。」

「那就先這樣，我先走啦。」

余生說走就走，她邁開腳步，沿著青草地，一路往走廊走去。

她在走廊上與一頭暖橙色頭髮的夏橙巧遇，兩人聚在一起有說有笑，夏橙最後返回了社團教室，余生則離開了校園一角。

營造一種狀況，讓自己看起來陷入迷茫，對於逃避來說最方便不過了吧。

我好像第一次被人這麼說。

是嗎？

我用手無力地輕敲著木椅。

即使如此，我內心依然很清楚一件事。

——我沒有理由再拿起吉他了。

chapter 2

Before the Rain

（三分夏）

我沒想到余生也聽過十年前的那場演奏。

在火車站改建成捷運站後，其實那一帶與火車站相關的記憶、文化脈絡早已被時代所遺忘，竟然有跟我同年紀的同學也有聽過那場傳說中的演出。

如春鳴一般的琴聲，喚醒了川流不息的人們冰凍已久、受傷已久的內心，如第一聲鳥鳴驚醒了大家。

人們自發性地停下，被凍結在原地。

如初雪一般的演出讓所有人都起了雞皮疙瘩，留下難以忘懷的記憶。所有當初經過那場演出的人，恐怕都想再聽聽那樣的音樂吧。

很快地，時間來到週五的晚上，一週裡最清閒的時間。今天開始，什麼事也不想做。

我斜躺在家裡的沙發上，視線下意識地看到不遠處的鋼琴。

忽然納悶。

「為什麼，余生說她一直在找那個彈鋼琴的老人呢？」

那天跟余生聊天時，我忘記問了，難道她也想再聽到當年的那首曲子？

「下次遇到來問問好了。」

我用手機播放起了一首 **LoFi Jazz**。

LoFi 這種偏向 **Chill** 風格的音樂，跟余生浪漫且自在，時而任性、時而放縱的唱腔給人的感覺十分相似。

同樣放鬆，同樣舒適。

正當我的意識漸漸模糊，準備在沙發上小睡一會兒時，手機的提示音響了。

我看向手機，是一顆顆橘子在螢幕裡碰撞的畫面。

那是夏橙很久以前把我的手機搶走，幫自己設定的照片。

——這樣你看到就知道是我了。

「喂？」

『喂？林天青，你在幹嘛？』

「沒幹嘛，沒事啊。」

電話那頭是十分活躍、開朗的聲音，一聽就知道是夏橙。

她直奔主題，『你沒事的話，跟我去一趟西門町好不好？』

「去一趟西門町？」

『對啊。』

我仰頭看了看沙發後方的時間，七點左右。

「夏橙，是可以去啦，但是今天是週五，妳不用直播彈鋼琴、跟粉絲聊聊天嗎？」

『直播什麼？我今天不想直播。』

「這不是妳說了算的吧？」

『咦？為什麼？』夏橙也不知道是裝傻還是發自內心，平淡地說：『不管要不要彈琴都是我的事吧。』

「……」

『我在ＩＧ上跟大家說一聲就好啦。就這樣，等等見！』

「幾點啊？」

『現在馬上出發。』

我還沒回應，夏橙那邊就掛斷了電話。這很夏橙。

我從沙發上起身，用手揉揉眼睛，淡化最後一點睡意。

夏橙在網路上使用的名稱是夏天裡的貓，這個名字跟她本人算是滿相似的。

現在回想起來，有點忘記了具體時間。夏橙應該是在國二那年開始在網路上直播、上傳影片，影片內容一開始以彈奏音樂為主，尤其是鋼琴，從不露臉。

但說實話，依照夏橙的身型、偶爾的背影、有時針對頭髮與部分臉蛋的特寫，觀眾也大多感覺得到夏橙是個可愛的女孩子。她的追蹤人數越來越多，也漸漸從純音樂內容轉向與觀眾互動。

追蹤人數很早就達到十幾萬了，現在到底多少，我也不確定了。

我依照夏橙所說的馬上出發，在接到電話後沒多久就前往西門町。

夏橙家跟我家離得不遠，我們約在西門的捷運站見面。

一走出捷運站，我就看見背靠著捷運站出口牆壁的夏橙。

她留著讓她看上去更顯天真的短髮，暖橙色的色調，讓她整個人都暖了起來。有點像是小男孩，卻讓人一股更容易親近的感覺。她穿著米白色的長袖針織衣，下半身則是寬鬆的深藍單寧褲。

她對我揮揮手。

「林天青。」

「咦？妳居然比我還早到。」

「我本來就在附近，忙完就過來了而已。走吧走吧，你吃了沒？」

夏橙邁開腳步，往前蹦去。

我跟在她的身後。

「我吃了一點，但還是可以再吃點東西。今天是星期五，妳不是每星期五都要直播嗎？」

「為什麼？我今天沒心情直播，也沒心情彈鋼琴。」

「……」

「再說了，我也不想要我的時間被固定的日程固定住。彈琴也是，今天如果我不想彈，那就不應該彈。」

「這樣說是沒錯啦。」

「但現在我的經紀人整天要我彈，受不了。」

「……」

「走，去吃冰淇淋，講到他就火。」夏橙嘖嘖了幾聲。

個子比我嬌小的她，手自然地勾向我的手臂，把我拉向她的身邊，跟著她的腳步往附近一家甜品店走去。

那間甜品店頗有名氣。

夏橙在店外要了一份草莓冰淇淋，我見狀也要了一份提拉米蘇冰淇淋。

看來今天夏橙約我出來，就是為了宣洩怨氣。

我們兩人邊吃著冰淇淋，邊散步在夜晚的西門町。

這是台北的鬧區，在街道上走動的人們非常多。有情侶、有朋友、有學生，這裡主要還是以學生為主的商圈。

「林天青，你還可以吃一點小吃對吧？」

「嗯，當然。」

「耶，那我們就隨便逛逛，看到什麼想吃的就點來吃吧！」

「可以啊。」

面對一臉快樂、表情十分雀躍，雙手正拿著冰淇淋啃著的夏橙，我根本沒有辦法拒絕。

我們散步在路上，感受著人群裡的溫度與街頭上涼爽的微風。

「林天青。」

「嗯哼。」

「那天你去追余生，余生跟你說了什麼啊？」

「她說她想找到一個吉他手，跟她一起組兩人樂團。慢著，妳跟余生不是好朋友嗎？妳不會自己去問她啊？」

我擱下冰淇淋，往右側垂眼盯著她。

因為比她高了不少，我能輕易看見夏橙的頭頂與臉上的表情。暖橙色的頭髮一晃一晃，剪裁得偏貼耳的短髮讓她的臉更小了。

她舔了口冰淇淋。

「我們是好朋友喔。」

「……妳這句話是肯定句，還是問句呢？」

「肯定句啦。」夏橙抬起頭，刻意裝出微微生氣的樣子，「林天青，是怎樣，你覺得我會在背後說余生壞話嗎？」

「哈哈哈哈，不是、不是。」

面對夏橙揮過來的拳頭，我輕巧地閃掉。

「你在想什麼，我跟余生是很好的朋友喔。」

「嗯，我知道。」

以余生的個性與氣勢，要不是很好的朋友，根本不可能讓他們那麼接近吧，可以判斷她們兩人認識一定很久了。

就在此時，我們正好走到西門的邊緣，再過去有一座鮮少人跡的公園，公園裡有幾座涼亭、長椅，很適合散步閒聊。

「那裡有位子可以坐耶。」我說。

「等等，我需要一杯飲料。」夏橙認真地說。

「好，我也想喝。」

「GOGO！」

帶著兩杯飲料，都是微冰的鮮奶珍珠，我們回到了公園處。

找了個看得見川流不息的人們，與明亮無比的商店燈火的地方，我與夏橙坐了下來，這時我才注意到夏橙的手上多了一包鹹酥雞。

都幾點了，這麼貪吃！

我用手指了指鹹酥雞，「……妳什麼時候買的？」

「我沒有買。」

「那這包鹹酥雞哪裡來的？」

「它跳到我手上，要我吃掉它的。」夏橙理直氣壯地說。

「喔，好可憐的鹹酥雞。」

居然跳到夏橙手上，到底遇到了多大的壓力？

此刻公園裡灰暗的暗橘色路燈已然亮起。

整座公園都籠罩在暗橙色的光芒之中，只有靠近商圈的那一帶有更明亮的能見度，有些人正在公園裡散步、慢跑。

我把飲料放到椅子上，夏橙則開始用叉子扠起鹹酥雞，吃了一塊。

「嗳，林天青。」

「怎了？」

「這是我今天放學到現在的第一個食物。冰淇淋是甜點，不算啊。」

「……為什麼？」

「這就是一個刺激的故事了。」

夏橙噘起嘴，眉毛都跟著低落了下來。她一隻手放在長椅上，另一隻手則輕輕撩過額前的短髮。

「今天放學，經紀人打給我，問我在哪裡，說要來跟我碰面。」

「然後呢？」

「我說正要從正門出去，但其實我一接到電話就跑到後門去了。肯定的嘛，要是從正門出去被他抓到，我就要去錄影了。」

「……」

「可是！我的經紀人，小帆哥更早就在後門了！可惡，也就是說他打電話問我在哪裡只是想探聽我會從哪個門跑走。一聽到我說在正門，他立刻就跑去後門了。」

「我覺得他也是滿厲害的啦。」

「只可惜，最後還是被我逃掉啦。」夏橙得意洋洋地說。

不想錄影直播的直播主，和必須經營直播主的經紀人鬥智鬥勇。

夏橙繼續說道：

「小帆哥希望我保持每週五更新、直播一次的頻率。但這星期五，我從上星期就一直在拒絕他了。正確來說，連下星期要剪輯的影片我都還沒開始錄。」

「所以他就來學校找妳了？」

「對啊，我就逃跑了。」

——不要逼我。

夏橙低聲補了一句。

她的五官透露著她有點不知所措，也有點失落、不開心。

那是挺複雜的情緒，因為她的狀況確實也很複雜。

我喝了一口鮮奶珍珠，緩緩提問道：

「噯，夏橙。妳現在粉絲這麼多，流量才剛剛暴漲幾個月，現在認真點、努力點，把這些粉絲維持住也好吧？」

「這種話……」

她似乎連反駁都不屑了，說了一半就開始吃起鹹酥雞。

「我當然認同妳，想彈就彈、不想彈就不彈，但是終究要考慮頻率。像是妳今天不播了，那下週的影片就得交出來了吧？」

「我心情好，想彈琴就會彈了。什麼現在流量剛起來、才剛開始紅，多拍一點、多努力一下，流量跟粉絲就會越來越多了——這種話從我達到一萬訂閱就說了，說到現在。」

「啊……」

「這種騙小孩的話就不要拿來騙我了。」

夏橙用手拍拍我的肩膀。

她從口袋裡拿出手機，隨意滑了幾下，最後把 Youtube 頻道跟 Twitch 的訂閱數秀在我眼前。

夏天裡的貓。

訂閱數：二十二萬。

夏橙接著擺出一副生無可戀的樣子，繼續安分地吃著鹹酥雞。

一口鹹酥雞、一口飲料，倒是很快樂。

「我當然知道經紀人很辛苦，也是為我好——但是沒有人可以回答我的問題。」

「什麼問題？」

「我現在有觀眾了，有不少人想聽我的音樂了，我的音樂也在持續進步。我繼續拍下去到底是為了什麼？」

「為了什麼？」

夏橙的提問直擊內心，就連身為旁人的我也被這麼極其純粹的提問震撼到了。

確實，夏橙在兩年前就一夕走紅了，靠著運氣與本就不俗的實力。兩年過後，已經努力了兩年的她現在有了許多忠誠的粉絲，有很多人每天都在聽著她的音樂跟直播。

名氣、實力、運氣。

夏橙其實早就完成了最初的目標……而那最初的目標，她也跟我說過。

微風吹拂而過，牽動了她的暖橙色髮絲。

夏橙用手輕勾左側耳畔的髮絲，將略微比下顎長一點的短髮勾向耳後，露出了那張微帶紅潤的小巧臉蛋。

她嘴裡還含著珍珠，正好有點鼓起，也往左側望向我。

清澈的眼瞳裡，我看不見任何雜質。

她的所言所做都是發自內心，就是這樣一個純粹而天然的女孩子。

「嗳，林天青。看看你那副沉重的模樣，幹嘛？不要那麼有壓力。我想彈就會彈了，現在的我還是想彈琴的時間比較多啦。啊，但當然想彈跟彈給所有人聽不一樣。」

「沒有，我只是想起妳一開始彈琴、直播的初衷。」

「呵，想讓更多人聽到。」

「嗯……」

「那我不是早就做到了嗎？」夏橙自嘲似的反問。

她的手無力地垂放在長椅上，窄小的肩線也因脆弱而內縮，整個人似乎變得更小了。

她充滿無力。

我與她都知道她的初衷，正因如此，才會不約而同地想到——

對啊，要是一個追逐夢想的人早就做到她一開始踏上旅途時的目標——早就抵達了終點，在終點之後的事呢？

邊看夜星，邊走夜路。

要是抵達了終點，之後還值得這麼做嗎？

「……」

捫心自問，我竟沒有答案。

要是今天夏橙的位置換成我，我也會選擇混吃等死吧。不，應該說，選擇繼續努力、加倍努力是不可能的。

想到這裡，我認同似的點點頭，但又覺得好像哪裡怪怪的。

「夏橙，這就是妳最近的煩惱嗎？」

「是啊。」

「妳當初的夢想——想讓更多人聽到妳的音樂，想跟更多喜歡妳音樂的人聊天，永遠不孤單，這些妳全都做到了。」

「雖然不能說是百分之百，但也做到百分之九十九點九九了。」

「那妳還想直播嗎？」

「想。」

說完這句話的瞬間，夏橙不由得張大眼睛，下意識地伸手撫向嘴唇。

我忍住不笑。

終究是喜歡音樂的人。

終究是喜歡彈琴的人。

「在想與不想之間，妳回答得這麼迅速，那妳肯定想繼續直播吧。」

「這我沒有否認，只是我沒有那麼勤勞了而已。」

「或許妳可以先休息一段時間，先試試看在想彈琴時再彈琴吧？想播就播，不想播就算了。」

「這我可以試試，只要我解決掉小帆哥。」

「下次妳的經紀人再找妳麻煩，記得叫我，我跟妳一起對付他。」

「耶，好啊！」

或許是這句話帶給夏橙強烈的安心感，她露出爽朗的燦笑。

她從椅子上站起身，猶豫了幾下後，她站在我的正面，並把手放到我的頭頂上輕輕拍著。

整座公園好像變得更加寂靜，我也明確感覺到自己的心跳變快了。

「謝謝你啊，林天青。」

「不會。」

「走吧，時間也晚了，明天我還要錄下週的影片呢。」

「妳決定要錄啦？」

「今天跟你聊完，我忽然想彈了。」夏橙直白地說道。

我一時不知如何回應，只好尷尬地說：「好喔。」

這反而換來了夏橙的嘲笑。

在一片夜色中，我們從公園踏上回程。

＼

「你再說一次。」

「啊？妳以為妳這樣嚇我，我就不敢說第二次嗎？」

「你說啊。」

「行。」戴著寬大項鍊的吉他手刻意清了清嗓子，以大部分人都能聽見的音量說：「我們要妳，只是要一個長得漂亮、有個性、能唱歌的女孩子。她唱得好不好，不重要。她是不是主唱，也不重要。重要的只有聽話，懂嗎？」

吉他手說完，冷笑了一聲。

低著頭的余生，身子略顯顫抖，但很快平靜了下來。

「去死吧你。」

余生的眼神看向桌上的大杯飲料，我連忙出手阻止，卻已經來不及了。

一整杯可樂像瀑布一般，灑向了那個吉他手。

「——余生！」

在一片混亂中，我連忙站起來，試圖控制激動的場面。正確來說，是我想保護有稜有角的余生不受傷害。

為什麼會變成這樣呢？

我的心裡，開始回想今天到底發生了什麼事。

今天是週六。

由於昨天晚上臨時被與經紀人玩起躲貓貓的夏橙叫到西門町，與她深聊了好久，我睡覺的時間就更晚了，一直睡到今天中午才醒來。

看著從窗外透進來的正午陽光，我忽然覺得好有成就感。哎嘿，假日不止睡到自然醒，更睡到超過中午十二點。

在這樣空虛的成就感中，我簡單盥洗完就叫了外送來吃。

我在客廳打開了音響，播放起混雜了雨聲白噪音、有點寂寞卻又舒適的Lo-Fi，同步打開冷氣，邊吃著早午餐，邊滑著手機。

吃完飯後，我拿著外送的冰咖啡繼續躺在沙發上。無所事事的感覺很好，不像夏橙，無時無刻都要煩惱之後的直播，不播也有很多顧慮。我也不像余生，在音樂、樂團上有強烈的追求與夢想。

提到余生，她說假日要一起去聽 LiveBand，讓我介紹一些吉他手給她。

因為以前學過吉他的緣故，我確實是認識一些吉他手，但他們有沒有達到余生要的實力要求就不好說了。

說余生，余生就到了。

Line 裡跑出余生的私訊。

我點開她的大頭貼一看，是一個黑色的飛天小女警。飛天小女警好像是三姊妹，這是哪一隻啊？

算了，不重要。

『喂，林天青。』

『在。』

『晚上跟我去公館一家有駐唱的餐廳。』

『公館？可以啊。』

『嗯，公館那附近還有一些音樂展演空間、練團室。夏橙說，她剛好有朋友在那裡練團，缺歌手的樣子。』

『妳想去看看啊？』

『我們先去聽音樂、吃飯，再去那裡。』

『幾點？』

『五點半去吧。』

看到這裡，我回了個比OK的貓頭鷹貼圖，余生就沒再回了。

我在沙發上放倒自己。

咦？這個假日怎麼感覺有點忙？週五週六都被叫出去了。

明天手機絕對要關機。任何人打給我，一律不接。

就這樣，我在沙發上滑著手機、追著劇、放著空，太過放鬆還不小心睡著了一下，悠閒地消耗著時光。直到下午四點多，我才推開家門，前往公館。

余生約在公館的捷運站出口。

我一走出捷運站出口，便在眾多人群中看見了她。

太過搶眼，太好分辨了。

余生穿了件寬大的灰黑色長袖連帽衣，下襬直接蓋住了極短的熱褲，看上去就像是下衣失蹤一樣。一雙偏細的長腿穿上白底色、黑條紋的長襪，與一雙灰色的復古風厚底布鞋，讓她本就纖瘦偏高的身材更顯高挑了。

她在霧灰色的頭上戴著一頂漁夫帽，讓整個人的風格更隨性。

「午安，余生。」

「林天青，很會耶，第一次約你就給我遲到。」

「有遲到嗎？」

我看看手機，才五分鐘，這是誤差範圍。

余生皮笑肉不笑地笑了一聲。

「你沒遲到，是我誤會你了，不好意思。」

「妳這樣說我更怕了。」跟夏橙不同，我還真的不敢惹到余生，「遲到五分鐘而已，抱歉啦。」

「沒事，之後幫我多多介紹有學吉他的朋友就好。」

「……好吧。」

我勉強答應了。

「走，林天青，我們先去南瀨吃飯吧。那裡白天是一般的餐廳，晚上會變成開放駐唱、點酒的餐酒吧，現在去最適合了。」

余生隨意地揮揮手，看向衣袖下白皙手腕上的深黑色腕錶。

我跟著余生，一起走在公館商圈的街道上。這裡比起西門，大學生更多了，大人們也更多。

當我們穿越小巷走到南瀨時，剎時我就明白了為什麼這間店叫做南瀨。

仿造美國邁阿密的風情，熱情的人們跑在沙灘上、熾熱的豔陽與清澈至極的太平洋，南瀨風情的元素畫在了店裡的壁畫上。整間店以海洋藍為主色調，處處都是沙灘元素，像貝殼形狀的燈、金黃色沙灘似的桌布，可以清楚感受到店主希望呈現給大家的風格。

我與余生坐在南灘餐館一角，面對面坐著。

余生接過菜單，開始研究起來。她霧灰色的髮絲不時垂落胸口，額前在眉毛處內彎的瀏海也不時滑落，但她還是認真地看著菜單。

「……」

我不由得想起另一個貪吃鬼，說自己沒買鹹酥雞，是鹹酥雞自己跳到她手上的那一位。

只不過她是看到什麼就點什麼，套句她的話說就是錢多，常常她點的東西吃不完就統統塞給我吃。

余生看了好一會兒，終於點了白酒蛤蠣義大利麵。

「我還想吃炸雞，只不過它是六塊的，太多了，你要不要跟我分，林天青？」

「好啊，那我再加一份鮭魚排，配餐要薯條。」

「好的，兩位請稍等。」服務生說完就走了。

此刻，店裡的燈光也漸漸調暗了。

似乎是超過晚上六點，南灘就會漸漸變為一間有駐唱的餐酒館，連帶地，室內的燈光也會小小調暗，只有前方的舞台與最後方的酒館吧檯比較明亮。

「真的有駐唱啊。」我有點意外。

「對啊，你以為我開玩笑啊？我來過這裡好幾次了，南灘都有駐唱。以後要是我有自己的樂團也想來。」

「只要跟店裡申請就可以來是吧？」

「嗯，我都跟老闆說過好幾次了，一直敷衍我，叫我找到吉他手再說。」

余生邊把手機放到桌上，眨眨眼溫和地說道。

「……」

不知道是不是我的錯覺，余生此刻離我的距離變得好近，不再防衛，也不再刻意拉遠、展現強烈的氣勢，而是親暱、帶有點信任的感覺。

我不由得有點看傻了眼。

余生偏瘦偏尖的臉蛋，弧線本就十分迷人。有點尖銳，卻因姣好的五官造就了獨一無二的美感，標準的美人胚子，那雙深邃得布滿夜星的雙瞳甚至可以看見整片星空，要是長時間與她注視，都不知道會發生什麼。

或許會就此迷失吧。

她是那種似若高嶺之花的美人。可遠觀，但要靠近、接觸都十分困難，甚至可能會因此受傷。

她給人的氣場亦是如此，沒有一點心理準備的人，恐怕連靠近她本身都是難事。

我不由得開始回想，究竟在何時，我的人生與她產生了交集。

最早是在開學前，我無意間去了一趟獨立唱片行，那裡以前是老火車站，現在被改建成了捷運站。

余生當時穿著一身黑的大衣，一個人坐在獨立唱片行外唱著歌，在街頭駐唱。

深沉的嗓音、抓耳的唱腔，Chill Out 風格的懶散歌聲放縱了整座街頭。

她的歌聲能穿透風。

就是那一天，她唱著歌。

起初，慵懶的聲線聽起來很舒服。後來，余生的眼眶漸漸泛紅，近乎是強忍著淚水、鼻音與抽泣，勉強地唱著。

想到這裡，我心裡忽然迸出一個問題。

我喝了一口冰水，看向收斂了所有稜角、一身溫柔的余生。

「嗳，余生。」

「怎麼了？」

「上次我們聊天聊到十年前那一場傳說中的鋼琴演奏對吧？在老火車站那裡，一個老鋼琴家的演奏。妳為什麼想找那個老人啊？」

「……」余生微微張開嘴唇。

「不方便說的話就不要說了。」

「沒事，我是可以說。」余生抿著唇，烏黑的雙瞳先是望向窗外，再看向我，「你想要知道的話，下次跟我去一個地方，我再跟你說吧。」

「啊？」

「用看的比聽的更直接。」余生攤攤手，示意就說到這裡了。

「也行，等等我們要去附近的團練室嗎？」

「是啊，夏橙有介紹我幾個人，等等我要去跟他們聊聊。」

「喔……」

我有點狐疑。

夏橙從小是學聲樂、唱歌，從基礎開始到現在都是接受歌唱的培養，並沒有學過其他樂器，這點我很確定。

可能是她在直播圈裡認識的吉他手吧。

就在我們暫時陷入沉默時，燈光忽然聚集到了舞台上。

第一組樂團站了上去。

是一個戴著寬大的帽子，把整張臉都隱藏在帽子之下，一身深咖啡色與黑色復古文藝穿搭的女性。她揹著一把吉他，輕鬆地走上舞台，隨後緩緩的琴音流出，那是十分輕緩、流暢的節奏，有點 Chill 的感覺。

是 **JAZZ** 的曲風。

天啊，這個歌手跟余生的唱腔其實很像，但細微特色不太相同，余生更給人一股疏離、高冷的風格。

「哇……」

余生可能也意識到了，正專心地聆聽著。

這要是喝點酒，在微醺狀態都能跟著這一位主唱的歌聲緩緩下沉，直到自己也從未到達的地方吧。

少量的唇齒音、少量的氣音，無一不擁抱著所有聽眾。

我很好奇這個歌手隱藏在那頂巨大帽子之下的面貌。好厲害的演唱——我發自內心這麼想著。

也不知道她唱了多久，實在過於沉迷的我們根本沒有留意時間，甚至沒留意到不知不覺間，白酒蛤蠣義大利麵與鮭魚排、薯條、炸雞都已經放到桌上了。

我們的注意力直到舞台上的她放下麥克風，才恍然驚醒。

剛才究竟有多沉浸其中。

「……好好聽。」

當一首歌真的好聽到無法形容，能使用的形容詞就很平凡。好聽，就足以描述。

我有點興奮，畢竟聽到了特別高水準的表演。

「余生，妳感覺怎麼樣？」

「老實說，風格跟我們有點像……」余生想了想，有點不甘心地說：「但是，她比我唱得還好。」

「那是當然的了，她可能比妳多唱了好幾年，技巧都很成熟了。」

「之後，我也要站上舞台。」

余生堅決地說。

她的視線，筆直地越過了所有人，直直探向舞台上的那個女歌手。

這瞬間，我再次感受到她強大的意志。

到底為什麼？年僅十六七歲，跟我一樣大，為什麼會這麼執著？

「吃吧，再不吃就涼了。」我拿起叉子，扠起鮭魚排。

余生點點頭。

她迅速地開始吃起桌上的食物。

我能察覺到余生身為音樂人的自尊、對音樂的追逐，讓她在聽到一首高水準的表演後，鬥志被徹底激起了。

她雙手拿起炸雞，啃了起來。

要是跟余生一起做音樂的話，能做出難以想像的音樂吧。沒有上限，她就像是一個充滿可能性、已開發性還很低、充滿淺力的新人。

屬於余生的未來，有無限可能。

戴著偏大帽子的女性歌手，別樹一幟的嗓音再次傳來。

Santé let's celebrate

過了今晚，就不再醉

Santé let's celebrate

雖然不是很懂歌詞，但她沒有經過後製、修音就能帶有 Lo-Fi 般略顯失真的嗓音，真的是天賦才能。

我悠悠哉哉地吃著鮭魚排。

余生若有所思地吃著義大利麵，雙瞳好像在望著我，又彷彿在凝視著我身後更遠的地方。

「嗳，余生，等一下妳要去找的吉他手是夏橙推薦的？」

「嗯，她說有朋友正好在組團，缺一個主唱。」

「缺一個主唱？那夏橙不會自己去啊？」

「夏橙的目標不是樂團吧。」余生淡然地說道，她擱下叉子，挑起眉毛，「再說了，夏橙有需要樂團嗎？她自己開一個直播就幾千人聽了，樂團什麼的，她如果真的想要，也會有大把的樂團找她合作。」

「這麼說也是。」我點點頭。

與還沒有人氣的余生不同，夏橙更早就小小成名了。在新媒體浪潮靠著風口一時成名的人大有人在。

夏橙有討喜的外表、青春而輕盈的嗓音，單論音樂實力，她在同年紀的人中也是特別突出的那一小部分。

看著她唱歌、聽著她的歌聲，很能勾起我與她在國中學校的回憶。

「吃完了。」

余生扔下叉子，身子往後一靠、靠向椅背，接著有點無奈似的仰頭一望。一整片霧灰色的髮絲順著她的動作往下散去。

偌大的雙眼，緩緩睜開。

「走吧。」余生輕描淡寫地說。

順著剛剛的對話，我原本以為余生還要說一點夏橙的事，但不知道是倔強還是面子問題，又或者余生壓根就不在意，她起身就走。

我連忙跟在她身後，一起離開了南灘。

店外，夜色降臨。

公館商圈在這個時間燈火通明，也稱得上夜市的這裡，有非常多的小商家賣著各式小吃。這附近有不少音樂展演空間，也有很多練團的地方。

余生拿出手機確認位置，沒有多久，她再次邁開腳步。

我們前往一間位於地下室的練團室，在其中一間房間前，隔著玻璃窗看見了要找的人。

余生確認著夏橙傳給她的照片。

「嗯，是他們。」

那一組樂團——吉他手、貝斯手還有鼓手都在，唯獨沒有主唱。

他們正在練習，是一首流行樂。雖然沒有主唱，但吉他手邊彈邊唱仍然撐起了整首歌。

看上去他們也是學生，但可能是大學生了吧。就算不是，也比我們還要大好幾歲。

「……」我沉默地看著、聽著。

他們三個人的實力都還可以，尤其是以吉他手最為突出。

自彈自唱不是件容易的事，要是只有自己一個人在演奏還比較容易。但加上了貝斯手、鼓手，三個人要完美地配合，吉他手要同時聆聽貝斯、鼓聲、自己手上的吉他還有歌唱的聲音，無疑非常困難。

這也是余生始終沒有打算自彈自唱，做出完整表演的原因。

余生也專注地聽著。

「感覺怎麼樣？」我好奇地問。

「反正比我們學校的那群強多了。」

「嗯，他們的話技術上確實強得多，看得出來平常的訓練應該不少……」

我邊點頭邊說著。

樂團演出很看重團員的默契。

假設今天主唱有一段能唱得特別好，特別吸引人，吉他手、貝斯手、鼓手都要知道在哪裡、在哪一段，思考以怎麼樣的方式去強化、凸顯主唱在那一段的表演。

以全場的寂靜，造就盛大的演奏。

以低調的相伴，營造音樂的輝煌。

單看有沒有特別微調過、即興演出般的呈現，就能知道一個樂團本身的默契了。

默契要好，練習的時間就要更久。

「嗳，余生。」

「嗯哼。」

「我覺得，他們應該至少一起練了一年以上喔。」

「一年以上？都沒有主唱，這不太可能吧？」

「所以可能要問問夏橙這是什麼狀況……」

我的話音未落，房間裡的練習便告一段落了。

我們兩個人站在玻璃窗外看了一陣子，不用多想也知道裡面的團員早就注意到我們了。鼓手帶著鼓棒走出來，邀請我們進去。

「你們是夏橙介紹的人對吧？」

「呃，我是陪她來的。」有點尷尬。

「你好，我叫余生。」余生自然地接話，跟著走了進去。

有時我與大人交談時會有點緊張，尤其是比我們年紀還大的大學生。

感覺他們雖然也是學生，但對社會的了解程度、閱歷都遠比我們深。在他們面前，我們往往更加青澀。

但余生沒有半點不自在。

她的臉蛋掛著輕鬆的笑容，淡然地走了進去。

練完團的吉他手與貝斯手都放下了樂器，坐到一張桌子前。鼓手則是走回鼓邊，繼續輕輕打著鼓，繼續練習。

我與余生一前一後坐到桌邊，桌上有兩杯可樂。

「晚安，我是這個樂團的團長，也是吉他手，叫我洛克就可以了。」洛克的頭髮偏長，粗黑的長髮隨性地散落到肩上。

「我叫余生。」

「哈，妳就是夏橙介紹的那個女孩子吧？她說妳唱歌還算好聽。」

「是喔……」

還算好聽？

余生在桌子下方的手比了個中指，低聲嘖了一聲。

好像只有我聽到。

被夏橙評價唱歌還算好聽，是一種什麼樣的體驗呢？

只有余生自己知道了吧，哈哈。

「夏橙唱歌是很好聽，但是她太忙了，也不會來當我們的主唱。她知道我們缺主唱，就推薦了妳。」

「嗯，我剛剛在外面聽了你們的練習……」

「感覺如何？」

「嗯，雖然沒有明確的人聲，但就算只有樂器演奏，還是很好聽。」余生也不隱瞞，很直率地說：「夏橙跟我說你們在組團，缺一個主唱，我就來了。」

「我們是缺一個主唱，因為之前的主唱休團了。」

「……」

余生無聲而深邃的雙眸望著他。

洛克靠向椅背，跟貝斯手接頭交耳說了幾句話。

「不然，妳先唱唱看。」

「好。」

余生果決地站起，走到剛才他們練團的地方。

她輕輕揮動衣袖，拿起麥克風，在準備歌唱前——她直勾勾地看向我一眼。

四目相對。

我無聲地說道，加油。

余生開始唱起。

是冬天。

冷冽的街道，濃重的夜色下透露著疏離。

如午夜時分飄落在城市的雨，余生唱著，身子輕輕搖擺。

在月色中一個女孩孤單地走著，她的影子被黑暗的街道所吞沒。

沒有其他行人，但那個女孩，依然迎著夜色與幾顆微弱的夜星，繼續往前走。

她的身影好黑，幾乎快與背景融為一體。

在寒冷的冬天裡，寂寞像是濃霧一般包裹了她。

能怎麼突破呢？

余生的聲音在副歌換了個調。

她唱出了冬天。

她唱出了疏離。

她唱出了透著寂寞、被孤單渲染的女孩。

最後的收尾並沒有大放光彩又或者令人興奮的高歌。

疏離而冰冷的曲調依舊，只是唱出了女孩的倔強——她沒有去擁抱大眾，也沒有奔向陽光、期待春天，只是在冬天裡，堅定果決地走下去。

余生唱完久久不能自己，先是一愣後，才緩緩向後退去。

她的眼神有些迷濛，似乎也意識到剛剛的歌唱竟呈現了與以前全然不同的風格。

但那才是，真心吧。

真正的她。

「……」我聽傻了。

余生是個無比倔強、無比颯爽的女孩，這點我當然清楚，但我沒想到她居然能坦率表露情感到這一個地步。

「謝謝。」余生不知對何人如此說道。

「你覺得怎樣？」

「這女的長得很正，聲音也還可以……」

「你的意思是她ＯＫ嘍？」

「嗯，我認為可以先讓她跟我們試著合作看看。她的風格不一定適合我們，但是可以試試。」

「……我懂你意思了。」

洛克跟貝斯手低聲說著話。

余生還沒有回來，他們也不怕我聽到。

等到余生回來後，她對我投來一個十分滿足卻低調內斂的微笑。

天啊，我居然感覺到她又成長了一點，這就是看著年紀相仿的同學成長的感覺嗎？

余生坐定後，客氣地問道：「所以呢，你們覺得我唱得還行嗎？」

「比我預料中強很多，不愧是夏橙推薦的朋友。」

「啊，謝謝。」

「妳長得也算好看，是高中生吧？看起來年紀也很小。坦白跟妳說，我們樂團目前就是缺個能吸引人來的女主唱。妳唱得還行，我們這邊沒有問題。」

洛克很直接地說道。

他攤攤手，頗有自信地往後靠著椅背。

「……」

我有些無言。

洛克這樣說話或許對一些人是沒有問題，但對余生，可能……

余生沒有回應，只是直直地盯著洛克。

「怎麼了嗎？」

「比起唱歌很好聽的主唱，你們更想要一個女主唱。比起一個唱歌好聽的女主唱，你們更想要一個性感、長得又正的女主唱。是吧？」

余生沉聲回道。

隱藏在她霧灰色的瀏海之下，一雙銳利而明亮的眼瞳正毫不遮掩地透露著憤怒。

她在挑戰對方。

對方是大學生，但余生無論在氣勢上、自信上，一點都沒有落於下風。

洛克輕佻地笑了一聲。

「妳不爽可以不要來，我隨便找也找得到。妳這種妹子我也看多了，嘿。」

洛克笑了聲，「還有……對，妳說得沒錯，唱歌只要過得去就好，我當然更想要一個非常正的主唱。」

「你再說一次。」

「啊？妳以為妳這樣嚇我，我就不敢說第二次嗎？」

「你說啊。」

「行。」

洛克顯然一點也不怕，刻意清了清嗓子，以清晰的音量說道：

「我說可以要妳，是只是要一個長得漂亮、有個性、能唱歌的女孩子。她唱得好不好，不重要，她是不是具有主唱的架勢，也不重要。」

「……」

「重要的只有聽話，懂嗎？」

洛克說完，打了個哈欠。

低著頭的余生身子略顯顫抖，但很快平靜了下來。

這無疑是，暴風雨前的寧靜，我完全可以預料到有事要發生了。

余生的眼神看向桌上的大杯飲料。

「去死吧你。」

我連忙伸出手阻止，卻已經來不及了。

一整杯可樂像是瀑布一般，灑向了那個吉他手……

「——余生！」

在一片混亂中，我連忙站起，試圖控制激動的場面。正確來說，是我想保護有棱有角的余生不受傷害。

桌上的飲料瞬間往洛克潑去。

一整杯可樂被余生拿起來後，毫不遲疑、痛痛快快地潑到吉他手的臉上。

他先是愣住，隨後嘴巴慢慢張大，似乎被挑起了怒意。

「妳幹什麼啊！」

「沒幹什麼。」

余生以完全不弱於對方的音量，強勢回絕。

霸氣外露。

她微微抬起下顎，惡狠狠地盯了對方一眼，轉身離開。

我連忙跟向她身後，但我正面看著吉他手，確認洛克沒有跟上。

「妳他媽給我站著……」

「你冷靜點、冷靜！」

「不要攔我！放開我！」

此刻他正意圖往余生衝來，但被他附近的貝斯手跟鼓手架住，一時間掙脫不了。場面十分火爆，但余生連回頭看一眼都不屑。

霧灰色的中長髮隨著俐落的腳步搖曳，飄散出淡淡的黑醋與丁香的香水氣息。

一身黑的余生很快走出團練室。

我火速跟在她身後，拉著她往外頭跑去。

迎著夜色，我們跑出了團練室，來到公館商圈的小巷。

確認安全後，我們忍不住對視，笑了起來。

「我還是第一次用飲料潑別人，雖然有點不好意思，但他說話太過分了。」

「沒事，之後也不會再遇到他了。」

「不管怎樣，開心。」

余生用手把頸後的長髮圈起，一邊舒緩著頸子，露出雪白的後頸。美得令人屏息。

chapter 3

Before the Rain

（半夏）

放學了。

鐘聲一響起，同學們各個像比快似的拎起書包，往教室外鳥獸四散。

我拿起書包，先去了一趟夏橙的教室。

感覺有點微妙啊，像現在這樣去其他教室找一個女孩子。

以前在國中時平凡無奇、十分正常的事，自從升上高中以後不知道為什麼，好像變得在意起別人的目光了。

我走到夏橙的教室，發現她不在教室裡。問了問她的同班同學，得到夏橙一下課就走掉了的消息，我在 **Line** 裡敲她也沒回我。

奇怪。

我稍微閉起眼睛，思忖著夏橙會去往何方。

隨後我得到了答案。

我走回家裡附近的某條小路。

這裡有幾間夾娃娃機店，從小我就很常跟夏橙在這裡玩耍。

在夾娃娃機店還沒普及、如雨後春筍般冒出的年代，這條小路就有了一間夾娃娃機店，一直到現在都還在正常營業。

一直擺放著的都是可愛的布偶娃娃，這幾年開始也有一些動漫公仔。

我走進店裡，一團暖橙色的頭髮正在角落激戰。

小巧的身子靈敏地操控著握把，操控夾子去夾起娃娃。差一點夾起來但最後失敗時，還會發出吼吼吼的抱怨。

「……」

毫無疑問，是夏橙。

時值夏末，放學後的時間，正好是夕陽西下前的最後一小時。空氣間仍有點燥熱，多餘的黏膩更是在身上揮之不去。

夏橙身上穿著我們高中經典的白色制服與刻意提高腰身的百褶裙，她在白色制服的領口處加上了一條可愛的橙色短領帶。

「午安啊，夏橙。」

「……」

「妳來這裡，幹嘛不跟我說啊？」

夏橙聽到這句話，微微側過頭望了我一眼，「林天青，聽說，你昨天跟余生一起去公館的練團室。」

「嗯，我們先去吃飯再一起去了練團室。」

「去哪裡吃飯？」

「一個叫做南灘的餐廳。我跟妳說，夏橙，那個地方很有意思，吃的東西也算好吃。我們還遇到一個很厲害的駐唱歌手，可能是網路上很有名的那個？特，之後我們也一起去吧。」

「……」夏橙沒有回應我。

夾娃娃機的電子音樂迴盪著，還有操作握把時所發出的聲音。

今天的夏橙有點怪，跟以前那個古靈精怪、鬼點子一大堆，活躍又可愛的夏橙不太一樣，就像是有什麼心事的感覺，但我也說不上來。

陷入短暫的沉默與尷尬。

「這麼說，余生潑那個吉他手飲料的時候，你也在啊。」夏橙繼續夾著娃娃，漫不經心地說道。

「是啊，就在現場。」

心裡閃過可樂像水簾一般灑向洛克的畫面，實在震撼。

「那很像余生會做的事。」夏橙降低音量，呢喃道：「我也不懂你為什麼那麼保護她。」

「妳說什麼？」

「我說——」夏橙白了我一眼，隨後用手敲了一下我的肩膀，「我說——我要吃棒棒糖，去隔壁雜貨店幫我買一波。」

「喔、喔，好。」

這間夾娃娃機店附近有屬於我與夏橙童年的記憶，我們小時候常常在這裡玩耍。

只不過當時的我們，零用錢也夾不了幾次娃娃。

不知道是這一帶房價沒有飛漲的緣故，又或者是屋主都已經非常有錢了，開店只是興趣，不是為了賺錢，讓很多店在這裡一開就是十多年。

老店林立。

賣麵線的老攤、賣饅頭包子的店鋪、賣陽春麵的傳統麵攤，那些店家、那些味道，都已傳承十多年之久，夏橙口中的雜貨店就是其中之一。

我走進了雜貨店，店裡有一股說不出來的陳舊氣息。

老闆拿著一把扇子坐在櫃臺後面，店裡有一台架在天花板的旋轉風扇，就是室內唯一的降溫方式。桌上與牆上，掛著只屬於我們童稚時代的小遊戲。

戳一次十元的戳戳樂、玩一次十元的抽獎、昂仔標、貼紙，這種乘載時光長河的老雜貨店現在也越來越少見了。

夏橙要吃棒棒糖，於是我隨手拿了三支，結帳。

回到夾娃娃機店時，街頭上已經能看見西下中的夕陽。

暖橙色、暗橘色、火紅色混合在一起的陽光依然有些刺眼，我避著夕陽，走近夏橙身邊。

「喏，夏橙。」

「謝啦。」

夏橙燦爛一笑，隨手接過後，放了一根草莓口味的棒棒糖到嘴裡。

我注意到地上擺著兩隻娃娃。

在我短短離開的十分鐘裡，夏橙這傢伙居然抓到了兩個娃娃。

夏橙依然專注在夾娃娃機上，不甚在意地問道：「所以林天青，你有事找我嗎？」

「嗯，有點事想問妳。」

「想問關於練團室發生的事的話，我在 Line 上都跟你說了。」

夏橙微微蹙眉。

這基本上是要我不要再問的意思。嘖，可惜我早就不吃這套了。

「妳不是沒有回我嗎？」

「沒有回應，也是回應。」

「妳就是不想回應。」

「So? Thats All.」

夏橙擺明就是不想談這件事，我繼續追問：

「所以，妳真的早就知道洛克他們的樂團只是想找個正妹主唱，唱歌實力不用特別強，不要有個人特色，在樂團裡當個花瓶吸引觀眾與粉絲，也順帶讓樂團有個女孩子吧？」

「唔？這我倒是不清楚，而且也有樂團本來就是這樣。」

「但妳不能介紹余生去跟洛克這樣的人見面啊。」

「為什麼不能？」夏橙停下手，雙手抱胸轉身看著我。她以既認真又微帶挑釁的表情說：「余生也有機會讓洛克折服於她吧？」

「是有。」

「只是余生失敗了而已。」

「……」

「林天青，你要知道洛克他們是有實力，而且是合作了兩年以上的老團。要是余生的歌能感動他們，或是在對話時壓制他們，余生不就可以跟他們合作看看了？」

「妳這也太強求人了。」

「不會，這是現實。」

「……」

「你以為想成為有名的歌手，想組出一個實力又強又適合她唱腔的樂團這麼容易嗎？靠一個朋友介紹，就能加入夢寐以求的樂團？」夏橙就像是早已思考過該如何解釋，她續道：「比起她的歌聲，更多人會在意她的臉蛋。人人都貪圖美色，你以為她以後不會遇到類似的事嗎？」

「就算遇到，也不代表那是正確的事。」

「我有說那是正確的事嗎？」

「……」

又被她一句話封死了。

今天的夏橙怎麼有點伶牙利齒？

夏橙更進一步，上半身探向我。

「還有，你知道嗎？余生想讓自己的歌給更多人聽到，堅持寫歌，想成為創作型獨立歌手——那正好是最難最難的路，你懂嗎？」

「我當然懂。」

我簡扼地回應。

夏橙一愣，認同似的點了點頭：「對，林天青，你確實懂。所以，我只是讓她看看現實而已。」

夏橙從嘴裡拿出棒棒糖，平靜地說。

「余生都還沒有來跟我說什麼，你就先來幫她抱怨了。」

「我……」

「怎樣，你是喜歡上人家了嗎？」

夏橙既挖苦又無奈地說。她的聲音裡透著青澀與苦澀。

她的目光越過了我，看向的遠方早已西沉的斜陽。

最後一點餘暉照耀在夏橙的臉蛋上，她的表情不冷不熱，也看不出來有任何波動。

我忽然感覺到一陣發冷，一股寒意從脊椎一路向上，衝進了我的心裡。

夏橙長大了、成長了。

從小跟我玩在一起的玩伴，青梅竹馬中的青梅竹馬，在不知不覺間往前走了好遠，已經離我而去了。

這是否象徵著，夏橙變了？

不再是以前那個喜樂哀怒都會寫在臉上，盡情地表現情緒，從不隱瞞，無時無刻都在笑，永遠能帶給人溫暖的可愛女孩。

只要在她身邊，就非常快樂，非常暖和，彷若置身夏天。

我什麼也沒說。正確來說，我也不知道要說什麼，我真的有點難過。臉部的表情都僵了，哭是哭不出來，但湧現深刻的悲傷。

「噯，夏橙。」

「你還要說什麼？」

「我只是在想，以前的妳是會說出那種話的人嗎？」

「……」

夏橙一愣，偌大的雙眸放大。

她壓根沒想到我會這麼問。

「不會吧。」我以肯定句的語氣說道。

我揹起包包，把手上的棒棒糖也放在夾娃娃機的桌面，嘆了口氣，最後注視著沐浴在燈光暗影之中的夏橙。

走了，回家吧。

有一股我最後的少年時光、童稚回憶，在這裡被臨時、毫無預警與前言地劃上句點的感受。

我無法推測夏橙的心裡遭受了什麼樣的衝擊，我只知道，自己遭受了衝擊。

啊啊啊，早就放棄了音樂的我，真的應該要跟音樂再次拉遠距離才對，這樣我也不會捲進這麼多麻煩的事中了。

我失落無比地走回家中。

走回家裡的我，失魂落魄地走進客廳，家人還沒有回來。

「……唉。」

我把書包隨便往沙發一扔，像是馬鈴薯一般在沙發上滾動。滾了滾，發現對抒解壓力一點效果都沒有。

無意間，視線的遠方，一架鋼琴映入眼裡。

「那架鋼琴……還在呢。」

那是小一的我開始學琴——不，更早的時候，爺爺還住在家裡時屬於爺爺的老舊鋼琴。

雖然古老，但價值傾城，爸媽也一直沒有處理掉那架鋼琴。

我回想了一下上次彈琴的時候。

想不到了。

嗯，非常好。

我信步走向鋼琴前，伸手掠過覆蓋在琴蓋上的一層層厚灰。咳，灰塵都多到讓我咳嗽了。

我拉開椅子，緩緩坐下。

夢回十多年前。

光影流轉而至。

那是我還就讀小學的時候，約莫是小一、小二的年紀。

是盛夏。

剛在屋外打滾了一整個下午的我正躡手躡腳地推開家門，小心翼翼地走進屋裡。

沒想到，在客廳被爸媽抓到了。

可惡。

「小天天，你怎麼又跑出去玩了？」

「我只是跟夏橙出去玩一下夾娃娃機而已，又沒有玩很久！」

「看來你的零用錢有點太多了。」

媽媽開始以零用錢威脅我。

其實他們給的很少，我基本上買完飲料就不夠用了。

「哪有，你們給很少好嗎？」我立刻反駁，「都是靠爺爺給我的練琴獎勵、鋼琴比賽得獎的獎金才夠我花。」

「很好啊，這樣你從小就懂得自己賺錢自己花的概念了。」

「……」

被氣到的我嘟起嘴，都懶得回應了。

夏橙的零用錢比我多好多！

媽媽又開口問道：「爺爺要你練的琴，你今天練了嗎？」

「練了一半。」

「那趕快去洗澡，練完剩下的吧。」

「練完再洗啦。」

「小天天，你又這麼說了。」

我跳上鋼琴椅，調整了一下椅子的高度，把譜擺好。

爺爺昨天交代的功課並不難，只要重複練習幾天，就能把那首曲子彈得很順了，不是特別高難度的曲子。

這時候，爸爸開始說起說過無數次的話。

「你爺爺年輕時是鋼琴大師，教過的學生有一大堆。好好練習，以後你彈鋼琴一定會很好聽。」

「我知道啦。」

我吸了一口氣，開始練琴。

彈鋼琴一定很好聽，但是，好聽真的有用嗎？我無法想像未來我成為鋼琴家的模樣。真要說的話，拿起吉他自彈自唱還比較有可能，那才是所謂現代的音樂人吧？

但這個問題我也從來沒問過爺爺和爸爸媽媽。我有種感覺，就算是他們，也不會告訴我真實的答案，只會叫我乖乖練琴。

練琴是非常枯燥、沉悶的事。同一首曲子，就算練順了也要繼續練習，不斷重複、重複，直到能完美演奏為止。

據說要練琴達到一萬小時以上才能小有成就。

爺爺在我剛升上小一時，就開始慢慢教我樂理知識、鋼琴知識，等到我升上小二，手漸漸有點力量以後，就開始要我慢慢練琴。

一開始只是覺得好玩，後面我也漸漸發現，我學琴的速度似乎算很快。爺爺預設我一週才能彈順的曲子，我常常幾天都能練完了，或許我繼承了爺爺的天賦，還小的我常常這麼想。

「媽媽，爺爺呢？」練琴的空檔，我忽然提問。

下午回來到現在，都還沒看到爺爺。

「他去醫院做檢查，晚上就會回來了。」

「喔……」

等爺爺回來再跟他聊天，看看最近有沒有什麼可以參加的比賽。最近夏橙一直找我去夾娃娃機店裡玩，零用錢都不夠用了，必須參加比賽賺點錢才行！

「啊……」想到夾娃娃機店，坐在鋼琴前的我不由得深深垂下頭。

記憶塑造的夢醒了，回到現在，我望向屋外，漸漸漆黑的夜色。

那間夾娃娃機店，就是今天下午我與夏橙碰頭、差點吵架的那間店。

店經歷了十幾年依然沒有什麼改變，只是，我們都不一樣了。

想到這裡，我變得更加難過。無法言喻的沉重壓在我的肩膀上，讓我難以行動。

我打開鋼琴蓋，目視多年未觸碰的琴鍵。

「……還是不要好了。」

我起身，離開了鋼琴。

＼

過了幾天。

余生會在晚上跟我有一搭沒一搭地聊著。多半是她去認識了其他樂手、吉他手的後續，但似乎一直沒有找到合適的伙伴。

我也推薦了不少以前學琴時認識的朋友、有在玩樂團的人，都盡量推給了余生，但余生還是沒有找到伙伴。

某一天晚上，我們用手機聊起天。

『余生，妳幹嘛這麼急想組樂團啊？』

『咦？我沒說過嗎？我想參加我們學校在學期中舉辦的比賽啊。那個比賽很有名，是時代音樂祭的預選賽。』

『喔，這麼說我也聽過……』

我們學校是浮萍藝術大學的附屬高中，而浮萍藝術大學在音樂領域投入很多，不僅是時代音樂祭的合作對象，也有跟幾個小型音樂節合作。

手機那端的余生說到這個，顯然興奮了起來。

『喂喂喂，林天青，是時代音樂祭耶。幾乎是台灣最有名的音樂祭，只要在預選賽勝出，就有很高的機會參與時代音樂祭啊。』

『妳想登上更大的舞台，讓更多人聽到妳的歌就是了。』

『你說得太複雜了……』

『——我想成名。』

余生以富有絕對的自信、不容質疑的口吻，輕聲宣示。

『離學期中也沒有幾天了，余生，妳這樣來得及嗎？』

『如果眞的不行，我就上台自彈自唱。』

『能成功嗎？』

『多多練習，就可以了。我唱的歌很好聽。』

『也是。』

余生本人的爽快與自信壓過了所有問題，在她眼裡，彷彿一切都不是問題。

余生聽起來也絲毫不在意前幾天遇到洛克與他們團員的事。我不知道她有沒有找過夏橙抱怨，但大概沒有吧。

她與夏橙的關係，真的有點微妙。

把手機放回桌面，我看向時鐘，是晚上七點多了。

「去一趟獨立唱片行吧。」

夏夜。

出門後，我特地看了一眼天空。

從被建築物遮掩的殘缺視野中，我所能看見的天空看不見半點夜星。我不由得回想，我到底有多久沒有看見過浩瀚的夏夜星空了。

沒有答案。

所幸，夏夜走在街道上並不會太冷，涼爽的微風吹拂著我，沒有多久就走到了獨立唱片。

穿越過老火車站改建的捷運站一帶，在捷運站出口的腹地邊緣看見了那間獨立唱片行。

老闆很有眼光，原木色、灰色、白色，淺淺的北歐色彩拼成門面的唱片行，很輕易地在這附近一帶搶走了所有的注意力。

我走進唱片行，望了一眼站在櫃臺後方，今天戴著扁帽、手拿咖啡的斯文老闆。

「歡迎光臨。」

「哈囉。」

我簡單地打招呼後，走進了間隔寬廣的唱片陳列架。

無數張唱片陳列在這裡。有遙遠以前、穿越了時光長河的作品，也有最近耀眼的獨立歌手發表的作品。這個時代，實體唱片行早已式微，斯文老闆也是憑著興趣與品味在經營的吧。

我隨意選了一張，開始試聽。

很快地，我聽到了一首驚艷的歌。

這是什麼？寶藏嗎？

是女性饒舌歌手，聽上去聲音十分年輕。大學生？喔不，搞不好更小。

絕對不能說是青澀，反而是駕輕就熟。

她巧妙地將強調節奏的饒舌與悠哉舒緩的爵士結合在一起，低沉而獨特的嗓音配合縮放自如的節奏感，輕鬆地將所有人收編，成為她的門徒。

她的嗓音既可以說是清新，也可以說是自成一格。

有些人天生就是能靠聲線吃飯，余生毫無疑問可以，但技巧還需要再磨練。

而我正在聽的這位，技術上更是早已成熟了。

試聽完後，我看了一下唱片的包裝。

『有人責備我們不夠深入——陳嫻靜。』

略顯陌生的名字。但，無礙她極其迷人的嗓音與完整的音樂演出。

我拿下唱片，打算回家繼續聽。不知道余生有沒有聽過她的歌，要是沒有，叫她聽聽吧。

啊，走之前順便喝一杯咖啡好了，這家獨立唱片行也有賣咖啡。

我走到唱片行後方，那裡有一個空間，專門讓客人坐著，點咖啡與輕食。

空氣間流淌著古典樂與咖啡香，光是走進這裡，身心就不知不覺放鬆了。

「你好，請問想點什麼呢？」

「一杯冰卡布奇諾，無糖。」

「好的，請先坐一下。」

我看了一下位置，找了最靠近窗邊的位置坐下。

等待的同時，百般無聊的我拿出手機。

打開Youtube時，第一條訊息就是夏橙新上架的影片。

上架十多分鐘，人氣五千多，僅管她最近要拍不拍的，夏橙的流量就在那裡。

我點進去。

那是她模仿一個以音樂為主題的動漫女主角上學時的制服，坐在教室裡的鋼琴前彈著琴的影片。

高中教室，背景則是敞開的窗戶與隨風飄逸的片片窗簾。

教室裡透著午後陽光，光影在夏橙的頭髮上、地上、鋼琴上渲染而開。

不知道為什麼，影片微微帶著櫻花色般的色調，彷彿身處四月初春，處處充滿生命力的感覺。

「……唔。」

我仔細聽著夏橙的演奏。

節奏、技術、較高難度的部分、自己改編的部分還是恰到好處。簡單來說，就是非常好聽。

我想起前幾天在夾娃娃機店遇到的夏橙，忍不住笑了起來。

大多數時候，命運就是這麼不公平。有些人天生具有天賦，付出並沒特別多的努力，加上天生好運，就能在很短的時間爆紅。依靠著實力，他們也不會輕易地被市場淘汰。

儘管要拍不拍、時常不想拍，但像是夏橙這樣不露臉的女孩，也能依靠著神祕與人氣，拿到大量的粉絲支持。

「……」

她甚至獲得了很多努力成為歌手的人、正在地下努力的獨立歌手一輩子也很難獲取的關注。

以人氣來說，她確實很有名了。

「你好，你的咖啡來了。」

店員的聲音打斷了我，我把視線轉回桌面。

靠近的不止店員，落下的也不止咖啡杯。

「晚安，您是林天青同學對吧？」

一個穿著長版風衣的高挑男性拉開了椅子，從容自在地就坐。

我不是還沒有回應嗎，他怎麼就坐下了？

我放下正要拿起咖啡的手，端詳著坐在對面的男子。

穿著深灰色的長版風衣，因平常有在鍛鍊，隱約看得出他手臂與胸口的肌肉。留著清爽的短髮、刮得很乾淨的鬍子、簡單的服裝配色……給人一股特別乾淨的感受。

不過，我微微皺眉。

「咦？請問你是？」

「不好意思，還沒自我介紹，我是夏橙的經紀人——楊一帆。」

「……你好、你好。」

愣了一下，我終於意識到對方是誰。

是夏橙提到過很多次的經紀人。

楊一帆看起來是個社會人士，雖然還是比較年輕，但已經是完全的大人了吧。

我喝了一口咖啡。

「你是夏橙的經紀人，那找我是為了什麼？」

「喔，這個啊。我聽夏橙說你常常來這間店，正好我也來這裡逛逛，沒想到正好就遇到你了。」

「嗯。」

「我找你也是想聊聊夏橙的事。」楊一帆切入主題。他喝了一口黑咖啡，上半身往前傾，將雙手手肘抵在膝蓋上。

「請說。」

「你是夏橙很好的朋友對吧。夏橙常常跟我聊天，最常聊到的人就是你——林天青。我能感覺到，她把你當成很好的朋友。聽她說，你們從小就是青梅竹馬了，也是少數知道她有在當直播主、碰 Youtuber 的人。」

「沒錯。」我點點頭。

「夏橙她……已經大概兩週沒有拍片了。本來說好上週要拍片，但她最後也放我鴿子。本來談好的一些合作，現在都暫停了。」

「……」

聽到這裡，我頓時無言。

楊一帆則嘆了一口氣，無奈與失望的情緒寫滿了臉龐。

他續道：「如果只是偶爾不想拍就算了，休息幾天就沒事了。以前，夏橙偶爾也會不想拍，休息幾天、補補能量就沒事了。」

「現在不是這樣了？」

「不是了。」楊一帆搖搖頭，「我看得出來，以前在她身上的某些東西，難以言喻的東西，那些象徵才華、熱情的東西……很遺憾地，不見了。」

「……」

「更正一下好了。夏橙當然還是很有才華，但已經沒有熱情了。」

「老實說，我隱約也有發現這點。」

「是嗎？畢竟你跟她也很熟，認識的時間比我長得多，一定也有感受到吧。」

是啊，但是，人們終究會變的。

我禮貌性地微笑。

楊一帆苦笑幾聲。

據我所知，他是夏橙從成名合作到現在的經紀人——小帆哥，無疑也是幫助夏橙成名的人之一。

夏橙成名之後的營運工作其實也不簡單，能持續出片、編輯題材、提出策畫、後製剪輯，再到與廠商的接洽、廣告文案、公關工作……夏橙這一個品牌，在後面努力的人不止有她。

而楊一帆，也就是夏橙口中的小帆哥，大概就是最操心的那個人。

我重整思緒。

「上次我好像有跟夏橙聊到這個，就是她之前不想拍片，在學校騙你她在學校正門的那一次。」

「嗯，然後呢？」

「那只是我的理解，不代表她的想法。」思量過後，我謹慎說道：「她認為她早已完成初衷了，不明白繼續努力、繼續拍片的理由是什麼。」

「……拍影片、唱唱歌、玩玩樂器，不就是她的興趣嗎？」

楊一帆一臉不解。

聽到這時，我抿住嘴唇。

好像哪裡怪怪的。

即使拍拍影片、唱唱歌、玩玩樂器是我的興趣。但是，你要我長期保持規律去做一件事，那是不可能的吧。

我聳聳肩，在這裡我得幫夏橙說些話。

「那樣，不就變成工作了嗎？」

「……」

「楊一帆先生，你剛才說拍影片、唱歌與演奏都是夏橙的興趣。確實，她很愛這些東西，也都是從小學到現在。可是，當興趣變成工作就是兩回事了。」

「我好像有點懂你的意思了。」

「說回一開始我說的話吧。」我試著回想當晚在公園的對話，夏橙邊吃著鹹酥雞的模樣，「夏橙早已完成了一開始的目標，而現在……」

「她已經沒有目標了。」

楊一帆呢喃著。

身材高大的他，對我投來確認的眼神。

我點了點頭。

這既是我的猜測，也是我的答案。

——我現在有觀眾了，有不少人想聽我的音樂了，我的音樂也在持續進步。

我繼續拍下去到底是為了什麼？

——為了什麼？

我喝了一口桌上的卡布奇諾。

比拿鐵苦一點、比美式柔和一點的口感正符合我現在的心情。複雜。

楊一帆的雙手在桌上交握，看起來有點焦慮，我緩緩說道：

「現在的夏橙只要想拍再拍、想唱再唱，心情好的時候來一場直播，也有很多她的粉絲會聽她的歌了。所以，她為什麼要犧牲大量的時間去拍片、去直播呢？」

「那如果是為了讓更多更多的人聽她的歌，這樣算是新的目標？」

「不算。」我斬釘截鐵地說。

「為什麼？」

楊一帆一臉疑惑。

十分認真地一臉疑惑。

這一點來說，倒是可愛的經紀人。

我咧開嘴，先是無力地一笑，再輕描淡寫、淡然地說道：「那樣的話，這場旅途永遠沒有終點。」

「……」

也不知道楊一帆有沒有聽懂我的意思，他只是沉默下來，一句話也沒有說。

他肯定在思考要怎麼協助夏橙找回熱情、找回初心吧。

那是一個艱難的課題，而且沒有標準答案。要是我與他的角色對換一下，現在的我一定十分頭痛。

我喝完最後一口卡布奇諾，看一下時間，該走了。

「先這樣啦，我該撤了。」

「……等等。」

「怎麼了？」還要幹嘛？

楊一帆裝出大人般客氣、有禮的笑臉。

雖是客氣、裝似親近，但其實是不想要他人拒絕他。這種表情我最近看得越來越多，大人世界真可怕。

他把手機遞出來，「我們可以加一下Line嗎？有夏橙的事需要找你幫忙時，這樣也方便聯絡。」

「……好吧。」

「謝謝。」

我帶著唱片去結帳，老闆也大力推薦這張唱片。

「基本上她的歌，必聽。」

「好好好，我先好好欣賞一下這張。」

我離開了獨立唱片行，一個人走在回家的路上。

天色更暗了，仰頭一望，我也依然看不見任何夜星。

夏橙失去了熱情，這件事爆發的速度遠比我想像中來得快，就跟她在極短時間爆紅一樣，難以想像。

或許，在短短幾天裡就做到了許多運氣不好的人竭盡一生也做不到的事，反而更容易讓一個人失去目標吧。

楊一帆會努力幫夏橙。但我想，他做不了什麼。

「……」

我呢？我又能幫助到夏橙什麼？

經過上一次與夏橙的對話，還有這次與她的經紀人的對話，我也更加清楚了我的角色定位。

相對其他人來說，我更了解夏橙一點。但在她不想拍片、不想演奏這件事上，我也幫不上什麼忙。

夏橙是我的青梅竹馬。在她眼裡，我就是一個更早放棄夢想、更早離開旅途、更早放下樂器的渣渣。

連試都沒試，我就放下了。

這樣的人，有什麼資格叫夏橙繼續走下去呢？

最早以前，夏橙與我都是跟著爺爺學習鋼琴。在很小的時候，身為鋼琴大師的爺爺就常常一起教我們兩個人。

那段時光，現在回想來是很快樂。

要說有任何一個人，可以讓夏橙激起熱情，繼續堅定地走下去，那個人肯定不是我，我只能陪伴她而已。

而能刺激她的動力與熱情的東西？啊，我忽然想起余生稍早跟我提到的，時代音樂祭的校園預選賽……

或許可以跟夏橙聊聊。

chapter 4

Before the Rain

（七分夏）

時間緩緩流逝。

依然是夏天，大家都還穿著夏季制服。

比起秋冬，我更喜歡春夏。那是更具有生命力的季節，活潑與歡笑，四處可見，不會有極低的氣溫讓自己懷疑人生，更重要的是，還有美腿。

教室裡的冷氣長時間開著。

聽說以前不是每一間教室都有冷氣，真的難以想像學長姊們是怎麼上課的，台北的氣溫足以讓人昏了頭。

某一天午休，我正處於半夢半醒的混吃等死狀態，余生傳了Line給我。

『林天青，今天你有空嗎？』

『介於有跟沒有之間。』

『少來，你一定很閒。』

『……妳要幹嘛？』

『我不是跟你提到幾次，小時候我曾經在火車站前聽到一個老人演奏鋼琴嗎？最近有個朋友跟我介紹一個人，說他可能認識那個老人。』

『然後呢？』

『放學後跟我一起去見那個人吧，是一個樂器行的老闆。』

『……』

電話彼端興高采烈，加上又是晴空萬里的平常日子，我根本無法拒絕。又是余生約我，更不可能拒絕。

『好，放學就去嗎？』

『不然呢？校門口見喔，GOGOGO！』

『好啦。』

我隨便選了個ＯＫ的貼圖暫時敷衍了一波。

教室後方的時鐘傳來滴答滴答的聲音，時間也跟著滴答滴答流過。舒緩的太陽光影穿透了薄薄的窗簾，映照到教室裡，正好從側面為整間教室打上暖暖的濾鏡。

從教室最後方看去，真的好美。

在學校裡的時光總是特別漫長，對時間的流逝很不敏感，可能是因為每天都要待上很長的時間吧。

好不容易停下腳步，回首一望。

已經四點了，下課啦。

我揹著書包一路悠悠哉哉地走到校門口。

霧灰色的別緻髮色在人群裡十分顯眼，我幾乎是一眼就定位了余生。

她的臉蛋、頸部，正確來說她的膚色非常白皙，與霧灰色的髮絲搭配，更顯蒼白與光滑細緻，彷彿那些陽光落在她身上都被卸掉了一樣。

就連光芒也無法停留在她身上。

她輕輕靠在牆邊，長度及眼的內彎瀏海微微下垂。肩上的慵懶長髮像是呼應主人的氣質，隨意散落在胸前，放縱了浪漫。

有時候真的不需要言語，因為根本無法形容。

余生只是輕鬆寫意地站在那裡，就把整個校門口的世界分成了兩部分。

第一部分，余生。

第二部分，不是余生。

其他那些從她面前走過的三三兩兩學生，很多人都會特地回頭望向余生。回頭率很高，但沒有人真的去找余生說話。

余生的氣勢，宛若高嶺之花。

但就我與她相處的這些日子，她本人並沒有意識到這件事。又或者，即使有意識到，她也完全不在意。

咳咳，我好像停下來太久了，讓余生一直等不太好，於是我往余生所在的位置前進。

我們學校的女生制服是簡單的白色制服加上黑色百褶裙，很基本，很多女孩會在制服上搭點裝飾，像是領帶、蝴蝶結。

余生具有別緻且獨一無二的氣質，穿著清純的高中制服，卻一點也無法掩蓋住她的耀眼。彷彿為她的特別做了一點名為青春、平凡的修飾，似乎更加親近人了一點，帶給人的溫度也稍微暖和了一點。

我走近了余生。

「啊，不好意思、不好意思，我來晚了。余生，妳等多久了啊？」

「沒多久。」

她抬起頭，刻意無語地瞪了我一眼。

「抱歉、抱歉。」

「林天青，你剛才早就看到我了吧，在走廊那邊停那麼久是什麼意思啊？」

余生一臉不解，「算了，看在你今天要陪我去的份上，不跟你多說了。」

「唔……那我們要去哪裡？」

「我聽說郊區有一間專門賣樂器的樂器行，也有賣二手樂器，那邊的老闆似乎認識我正在找的那個鋼琴家老人。」

「說到這個……」

我話說到一半，余生忽然伸手拉住我的肩膀，一下把我拉到她身前，幾乎是緊緊靠著。

余生身上的香水氣息再再提醒著我們的距離多近，我的頸間還被余生的長髮搔到了。

「……」

我動也不敢動，身子僵硬。

我完全能感覺到自己一定臉紅了，要是余生多注意一下就太尷尬了。

余生拉住我的肩膀，接著把我往校門口外推去。

「要說什麼等等再說，GOGOGO！」

呼，好險，她並沒有特別觀察我的臉。

我鬆了一口氣，「……好啦，我自己會走。」

「我們要先去捷運站。」

「嗯嗯。」

走出校門口後，我們並肩走在人行道上。每逢放學時間，這一帶都是穿著我們學校制服的同學。

我想起剛才未完的話題。

「嗳，余生。」

「嗯哼。」

「妳為什麼要找當年在火車站彈奏鋼琴的老鋼琴家啊？這個問題我們聊過

幾次了，但我一直不懂。」

「不是我不說，只是時候未到而已。」

余生勉強一笑。

她倒也不是在敷衍我，更像是……苦澀？

我們腳步未停。

不閃躲也不拖延，余生淡然開口：

「林天青，那好像是十年前的事了。你說你也聽過那場演奏，那你應該知道……那個老鋼琴家演奏的那幾十分鐘，火車站前的人龍彷彿被凍結了。」

「嗯，我知道。」

當琴音緩緩流轉——如同第一道劃破冬眠的春曉，奪去了所有人的注意。

先是幾個路人停下，再來是前仆後繼的圍觀，最後以那台鋼琴為中心，好一段距離的人們都被吸引了。

「好像當時也上了新聞，好聽得不可思議，讓所有路人都停下了腳步——世界就這樣停下來了。」余生微微傾頭。

「是很好聽，我的印象也很深刻，但我一次都沒有想要去找那個老鋼琴家啊。」

「我……」

「都是十年前的事了。」換成我無奈地笑道。

又不是那種電視上的尋人節目，真實世界裡，哪有那麼容易。

走過轉角，捷運站的路口出現在眼前。這一條大道上左右兩側都是枝芽茂密的樹木，正好遮掩了夕陽光芒。

余生深邃的眼瞳輕眨，我竟一時間無法分辨是不是因為飽含了淚水而顯得晶瑩剔透，又或者，原本就是那般明亮。

余生以獨特的低沉嗓音說道：

「林天青，這件事很簡單的，就是我很懷念那首歌。懷念到，我想找到那個老鋼琴家，讓他在我跟爸爸媽媽面前再表演一次。」

「……」

「要我付出什麼都可以，我就是想再聽聽他的演奏，也讓我的家人聽聽，能讓我們好像回到十年前，就夠了。」余生以感性的口吻總結。

「我懂了。」我點點頭，「我會幫妳一起找的。」

「哈哈哈，那走吧！」

余生拉著我的手臂，走在前頭的她，把我拉入了捷運站。

余生的個性真的很坦率、颯爽。

想說就說，從不隱瞞。想做就做，從不拖延。這種率真、敢愛敢恨、行動力極高的個性，說實話我實在佩服。

我們坐上了捷運，往郊區前進。

照這個時間，到的時候應該都晚上了。

我忽然又想起一個問題。

「余生，妳的團員找得怎麼樣了？」

「唉，沒有什麼進度。」

「妳不是要參加時代音樂祭的校園預選賽嗎？這樣下去來得及嗎？」我聽到有點意外。

「一籌莫展。」

「……這句話是用在這裡的嗎？」

「就是沒有辦法了。」余生翻了白眼，鼓起嘴唇，往自己的瀏海吹氣，「不過放心啦，找不到吉他手，到時候我就自彈自唱。」

「我還沒聽妳認真自彈自唱過一次呢……」

我也沒掩飾懷疑。

基本上第一次在獨立唱片行外遇到她，我們聊著歌、唱著歌，聽著余生在半夜時分有一搭沒一搭地彈著吉他、輕聲唱起歌。當時我就納悶了，為什麼她不認真為自己的歌唱伴奏，而是有一搭沒一搭彈著吉他？

是因為……她沒辦法自彈自唱吧？

沒辦法的原因很多。像是不夠熟悉吉他、大腦無法分心二用、過於投入歌唱演繹，無法同時兼顧吉他。

我猜，余生接觸吉他的時間也不長。

她的歌是那種常常臨時升降調、改變輕重、加上大量唇音齒音、改變詮釋方式的隨性風格，對於吉他的要求更高。

「……」

余生默默盯著我看。

她的自尊，怕是不容她在這裡示弱、求助。

一會兒後，她終於說道：「林天青，沒有什麼事是練習處理不了的。再說了，我還有時間能去找吉他手，放心吧。」

「……好。」

我其實很希望余生能登上時代音樂祭的舞台，或是，至少在校園比賽裡放聲高歌。

她的聲音，值得讓更多人聽到。

捷運繼續行駛，車窗外的風景從高樓大廈林立的城市，漸漸到了建築物不再茂密的郊區。

綠意漸增，視野逐漸遼闊。

好一陣子後，我們抵達了目的地。

「到啦。」

「嗯，走吧。」

我們一前一後走出捷運站。余生似乎也是第一次來這裡，她正拿出手機比對地圖，很快確定了方向。

她拉拉側揹的書包說道：

「那家樂器行九點才關門，慢慢走過去就好。」

「好喔。」

那是一間占地頗大的三層樓獨棟建築。

與其說是樂器行，不如說是樂器批發行。也難怪這間店會在郊區，在這裡房租比較便宜吧。

「進去吧。」

「……」

余生無語地盯了我一眼，露出明顯覺得我在說廢話的嫌棄表情。她也不回應，逕自往店裡走去。

我們走進敞開的大門。

一樓就像是大型批發商場，站在入口就能探見巨大的店面，大量的全新樂器展示在店裡。從電子琴、開蓋式鋼琴、小提琴與大提琴，偏大的管樂樂器、電子鼓與一整排掛在牆面上的吉他。

我看傻了眼。

這是我第一次看到這麼多樂器一起展示，任何一個喜歡樂器的人到了這裡，怕是會沉迷其中無可自拔。

「……」

我正想到余生，她果然已經往全掛滿吉他的牆面走去。

有電吉他與純木的吉他。

上次在獨立唱片行前，印象中余生好像是拿著木吉他吧。對，就是木吉他。

她的嗓音舒緩而浪漫，獨特的低沉又帶有磁性，拿木吉他最適合她了。

我也走了過去。

「怎麼?想買一把電吉他?」

「我想我應該不需要吧?」

「嗯,是不太需要。」

余生雙手隨意地垂在裙邊,看到有興趣的吉他就會伸出手拿下吉他、抱在懷前。偶爾幾把,她還會轉過身問我好不好看。

雖然我不彈吉他很久了,但是,對吉他的興趣也不能說消失了。

我也開始跟著余生一起欣賞、試試眼前的吉他。

余生露出饒富興趣的表情。

「噯,林天青。」

「怎麼了嗎?」

「瞧你這架勢,一點也不生疏啊。」

「沒有啊,很生疏啊。」

「你這句話想騙其他人是可以,騙我是不可能的。」余生像是因為被小瞧了,擺出不屑的表情。

她往前探了一步，走進我們兩人之間的社交距離。

她細緻的臉蛋往我靠近，深邃的眼眸不斷放大、放大，最後與我四目對視。

吸引力太強，幾乎將我深深吸向她。

我有一種被徹底壓制的感覺。

「嗳，林天青。」

「……」

「你是不是該告訴我，你到底會不會彈吉他了。」

「……」

「每次聊到這個話題，你都各種閃躲飄，不然就是說沒理由拿起吉他。」

「有嗎？」

聽到這句，余生很直接地露出失望的模樣。

睫毛與眉毛，緩緩下垂。

她輕輕開啟的嘴唇像是想說什麼，最後卻收了回去。她往後退了一步，用手抓緊了側揹書包的背帶。

「這麼難看的裝死也要裝。」

「……」

「你不想彈就算了，我也沒有逼你。」余生難得以較弱的語氣問道：「但是林天青，你的程度到底怎麼樣？這一點可以跟我說吧。」

「我想一下。」

「還要考慮就不要說了。」余生咬著嘴唇，白了我一眼。

我連忙揮揮手。

「不是，我不是那個意思。我是說，想一下要怎麼說明我的實力比較好……」

我回想了一下以前跟夏橙一起學音樂啟蒙的時候，後來一起在爺爺手下學鋼琴，更後來，我們分開找老師學吉他。

如果要形容的話，應該有一個很客觀的事實陳述。

我把懷中的吉他小心地掛回牆面。

還是謹慎、保守點吧。

余生不太耐煩，質疑我要吊她多少胃口，只差沒有跺腳了。

「余生，妳知道夏橙也會彈吉他吧？」

「嗯我知道，實力還可以。」

還可以。

這是余生比較嚴苛的評價。

夏橙畢竟長年學習音樂，經過正規的音樂訓練，從聲樂、鋼琴，到後來因演唱流行樂而學習吉他，她擁有天賦，且投入了時間。

雖然夏橙現在就是個混吃等死仔，但以前的她還是很努力的。一般評價夏橙的吉他實力，大概可以說是合格偏上的獨立樂團吉他手實力了。

我輕描淡寫地說道：

「我的實力遠勝於她，大概等於兩個夏橙。」

「有沒有謙虛一點的說法？」

「有，反正我彈吉他比夏橙好聽。」

「……」余生無言。

「……」我也無言。

又沉默幾秒，余生不敢置信地把上半身往後挪，拉遠距離後，以略顯誇張的表情看著我。

這怎麼好像在小看我？

大概等於兩個夏橙，這搞不好還算低調呢。無論如何，余生現在顯然是不太相信，也好。

「真的假的啊？」

余生把雙手抱在胸前，微微傾斜頭部。等到霧灰色、具有低調質感的長髮垂落後，她才用手捲起髮尾。

「假的，妳不相信最好。」

我故作無辜地嘟嘟嘴。

坦白說，我心裡湧起一股想要取下吉他證明自己所言的衝動，但這些年下來，我已無比明白一件事。

我必須克制這個衝動。

「我不信，彈給我聽。」余生挑釁地說道。

「妳以為我是小屁孩，會被妳這種簡單的激將法騙到嗎？」

我差一點沒翻白眼。

正當我們兩個爭執不下時，一個身型偏胖、圓滾滾的老人走了過來。

他的相貌十分和藹，留著一點白鬍子。

……好像有點眼熟。

「歡迎光臨，兩位。」

「哈囉——」

余生拉長了尾音，對我嘖了聲後，轉身看向老人。她不著痕跡地用手掠過髮絲，並重新整理了情緒。

余生在很多方面都比我成熟很多，尤其是對應大人的時候，真的很難想像我們其實都是高一的學生。

「你好，我有事來找這裡的老闆。」

「唔？是什麼事呢？」

「是這樣的，我在找一個老鋼琴師……有一個朋友跟我說，這裡的老闆可能認識我要找的那個老鋼琴師，所以我就來了。」

「老鋼琴師……」身子寬厚的老人用手抓抓頭，思忖了一會兒，「妳可以稍微說一下那個老鋼琴師的外表嗎？」

「你是？」

「我是這裡的老闆。」老人平靜地說。

他說完以後，伸手示意我們跟著他走。

我與余生對望了一眼便跟上老人的腳步。我們沿著展示吉他的牆面前進，來到了一樓展示廳的角落。

一張圓木桌出現在那裡，桌上還有個茶几。

老闆和藹地一笑，「坐吧。」

「好、好。」

「你好，我叫做余生。」

「你呢？」老闆看向我。

我慢了一拍說道，「我姓林。」

「你們身上的制服……那所學校不在這附近吧。跑這麼遠一趟，就是為了找人？」老闆有些納悶，續道：「說吧，你們在找的老鋼琴師，是什麼樣的狀況呢？」

「我在找的老鋼琴師，我對他長怎麼樣不太清楚，只知道，十年前他看起來就白髮蒼蒼了，今年大概也六十多歲了。」

「妳不知道他長怎麼樣，為什麼要找他呢？」

「這是一個有點長的故事了。」

「沒事，說吧，我們時間多啊。」

老闆哈哈一笑。

余生垂眼望向桌面，幾秒過後，她再次開口：「在十年前吧，很久以前了。在我們家附近的一個火車站前，不知道為什麼擺了一架鋼琴。我跟爸爸媽媽路過那裡，遇到一個老人在演奏……

老闆，你可以想像一下，台北街頭的火車站前，很熱鬧、人來人往的一個地方。

賣香腸的小販、賣雞排的攤位、還有上下學的學生……反正，人很多。我們路過大概是下午五六點，是人最多的時候。那個老人坐在鋼琴前，僅僅是前奏——就讓現場的時間暫停了。」

「……」

「……」

我與老闆都沒有說話，認真地聽著。

我其實當時也在場，但從別人的口中聽到描述也很有意思。不同的角度，聽感、觀感也都不同。

老闆遞給余生一杯熱茶，也遞給了我一杯。

「車水馬龍的火車站，被一首鋼琴曲施以魔法，所有路人都慢慢停下腳步，往鋼琴與老人靠攏。人群一片寂靜，只有鋼琴的聲音被放大了。直到今天，我仍然清楚記得當下被琴聲激得雞皮疙瘩都冒出來了。」

「……」

老闆似乎覺得故事說得不錯，一直點頭，露出很有興致的表情。

「當天在場的人，絕對都記得那場演出，與那個老鋼琴家。」余生說到這裡，微微瞇起眼，「是說……」

「怎麼了？」

「你說過你當天也在場對吧？」

「是啊。」

「那個老鋼琴家彈的曲子，是什麼？」

余生顯然是在考我，我只好故作輕蔑一笑。

「柴可夫斯基——六月船歌。」我輕描淡寫地說道。

余生的雙瞳微微放大，似乎原本還真的有稍微懷疑我。隨後，她露出滿意的表情，並用手捏了我的肩膀一下。

「那是一首弦律優美的鋼琴曲……」

和聲豐富，對技術難度的要求也很高，但彈得好，無疑就是一幅五彩繽紛的畫作。

光景流轉而至，我開始回憶當初的風景。

當時的我就站在鋼琴旁邊。

琴音傳出來的一刻，帶來的衝擊力瞬間震撼了我。

那明明是一雙年邁、皺紋累累的手，但碰觸到鋼琴琴鍵，卻發出了難以想像的威力。

老鋼琴家顯然曾走遍世界、閱歷飽覽，他彈出了五顏六色的世界。

走向河岸，那裡的河水將飛濺到你的腳邊。

神祕而憂鬱的繁星會照耀著你們。

余生說得沒錯。

當天只要在場的人，一輩子也無法忘記那首鋼琴曲。

老闆忽然朗聲開口：

「打斷一下啊。所以是一個年紀也跟我差不多，彈鋼琴非常厲害的老鋼琴家對吧？很可能也住在這附近。十年前，他可能也在音樂圈享譽盛名吧？」

「至少是小有名氣。」

余生客觀地補充。

「我好像知道那個老鋼琴家是誰，畢竟我在這裡做樂器生意都快三十年了，厲害的鋼琴大師可沒有幾個。」

老闆又望了我一眼。

似乎是有點意味深長的一眼。

……好像不是很妙？

老闆喝了一口茶。

「妳說的那個老鋼琴家應該是住在妳說的火車站附近一帶。他更早以前，是在藝術大學裡教鋼琴的老師。從他還年輕的時候，就都是來我這裡買鋼琴的。」

「所以老闆你認識他嗎！」

余生顯然急了。

也是，她都找了這麼久，第一次這麼接近目標。

老闆面露為難。

「可是，余生啊，我雖然認識他，但我不能隨便透露顧客的訊息，我也不知道妳為什麼要找他。」

「我沒有惡意的。」

「這不是妳說的算，也不是我聽了就算了。」

「老闆，我是認真的。我只是想讓爸爸、媽媽，跟我一起再聽一次那個老鋼琴家演奏的六月船歌。」

關鍵時刻，余生果決的個性讓她更直率了。

「這……」

見老闆仍猶豫不決，余生輕輕吸了一口氣，發出猶似抽噎的聲音。

「就只是這樣而已。」

「這……」老闆陷入思考，但從他的肢體語言可以發現他似乎被余生打動了，他想了想並用手抓抓頭，無奈說道：「他叫做林流雲。」

「……喔！謝謝老闆！」

她喜上眉梢。

余生繼續等著老闆說下去。

答案，其實是會讓人失望的。

老闆嘆了一口氣，說道：「但是，林流雲已經去世了。」

「去、去世了？」

「嗯，前幾年走的吧。」老闆望向遠方，彷若追憶著老友，「他如果知道他以前的演奏到現在都還有人記得，一定很感動吧。」

「唔……」

沒有回話，余生只是抿住下唇。

有點擔心她，我還特地往她看了一眼。

「沒事吧？」

「我沒事。」

呵，真的是不用問就知道答案，倔強且一身傲骨的余生肯定會回答沒事。

霧灰色的長髮發出偏冷的光澤，余生不再坐得直挺挺的，因為沮喪而微微蜷曲著身子。修長的睫毛下，偌大的眼瞳正失神地望著茶桌。

什麼話也說不出來。

為了參加時代音樂祭的校園預選賽，非常想要組兩人樂團的余生，最近為了合作的吉他手四處碰壁，還跟洛克起了衝突。

一心尋找的老鋼琴家，則早已去世了。

接二連三的衝擊，對任何人來說都是不小的傷害。

越執著，越受傷。

懸浮在眉毛上方的內彎瀏海正因她低垂著頭，往下散去，遮住了部分的眼眸。

她甚至無意用手別起。

老闆見狀，用手拍拍我的肩膀。

「你們慢慢聊，我去招呼其他客人了。」

我往外看向展示廳外。

夜色早已降臨，再晚一點就太晚了，該回去了。

「沒事的，余生。」

「你什麼也不懂，林天青。」

「……妳是想讓妳爸爸、媽媽聽聽當年聽過的六月船歌，對吧？」

「嗯，對。」

「那妳會彈鋼琴嗎？」

「不會。」

「我……」

我正準備回應，卻感受到一雙手壓在我的肩膀上。

回頭一望，原來是老闆。

「啊，抱歉抱歉。兩位，剛剛忘記說了。」老闆折了回來，仔細地端詳了我一下，「你說你姓林對吧？這個年紀，跟林流雲的孫子年紀也差不多。」

「……」

事情發生得太快。

我原本都以為老闆已經走了，居然還給我折回來！

余生聽到後，一開始還聽不懂老闆的話，幾秒後才微微張大了嘴巴。她瞇眼，眉頭微鎖，從椅子上跳起，看向老闆。

「余生，妳說妳旁邊這個男生叫做什麼啊？」

「他叫……」

「——別說啦。」

我連忙制止，但被他們兩個人忽略。

余生用手揮開我伸向她的手，微帶顫抖地說道：「他叫林天青。」

「……」

老闆沒有回話。

但從老闆一時間詫異而不知所措的表情，加上隨後加深的皺紋，雖然他沒有給出答案，但答案已昭然若揭。

我沉默無語。

余生把手按在自己的胸前，急切地追問：「老闆，拜託了，知道什麼的話都告訴我吧。你是我唯一知道……有可能找到林流雲的線索了。」

「我只知道，林流雲的孫子，也叫這個名字。」

林天青。

雲過天青雲破處，這般顏色做將來。

當年林流雲很得意自己幫孫子想了這個名字，到處跟朋友吹噓，所以我印象很深——老闆補充了這句。

「……」

余生這次徹底說不出話了，她愣然地轉頭望著我。

余生一步步走近我，最後伸出手抓住我的肩膀。她深邃的眼瞳，此刻詮釋了何為千言萬語。微微泛紅的眼眶，透著悲傷。

「噯，林天青。」

「我在。」

「那個老鋼琴家其實是你爺爺嗎？」

「……對。」

「那你為什麼要瞞著我？」

「余生，我不是想瞞著妳。」我的解釋似乎很讓人信服，但我繼續說道：「我只是想等妳跟我說清楚想找爺爺的原因，我就跟妳坦白。」

或許還是太蒼白了，這樣的辯解。

「呵。」

余生無力一笑，她的身子竟給我一種十分脆弱的感覺。似乎失去了力量，從正面既像是抓又像是靠一般，撞在我身上。

她是真的失去元氣了。

余生在短短的時間裡聽到太多震驚到她的事，身子暫時承受不了。

「你這傢伙這麼想知道是吧？現在，我就跟你說原因。」

「嗯……」

「之後跟我去一個地方，你看到就懂了。我只是想讓爸爸媽媽，跟我一起再一次聽到那首鋼琴曲……」

「好，妳要不要坐下來休息一下？我不會跑掉的。」我扶著余生。

余生低調又富有氣質的霧灰色長髮在我的胸口與下顎處來回接觸，有點癢，但我也不可能推開她。

「你這傢伙，居然敢瞞我這麼久。」

「……對不起啦。」

我邊道歉，邊協助余生在椅子上坐下。

幸好她不算太生氣。

余生坐下後，稍微有了點元氣。

「這就是你對音樂好像很厲害、好像很懂的原因嗎？因為從小跟你爺爺──那種大師級的人物學習鋼琴跟音樂？」

「嗯，還有爺爺傳下來的天賦。」

「……這我不想知道。」余生嫌棄地擺擺手，再瞄了我一眼，「林天青，都欺騙我這麼久了，我要求一點補償應該可以吧。」

「唉，就說了不好意思，而且我沒有騙妳的意思。」

「就說可以、不可以就好。」

「妳說吧，想要我做什麼。」

「你如果師承林流雲，那彈鋼琴的風格跟他很類似吧。彈柴可夫斯基的六月船歌給我爸爸媽媽聽，好嗎？」

「這……」

我微微一愣。

不是因余生的請求，而是因為余生的雙瞳。

她正從下方角度，微微往上抬頭看著我，余生的雙眼竟帶著有一點迷濛。

這也是我認識余生到現在，第一次聽到她以懇求的口吻對我說話。我其實好一陣子沒有彈鋼琴了，但余生這樣求我，我根本不可能拒絕。

「好，我答應妳。」我淡然地說道。

那一天，我先送余生回家。

「妳早點睡，好好休息喔。」

「你以為我這麼容易睡著嗎？」

「……妳之後還要帶我去一個地方吧？關於妳為什麼要找我爺爺。妳先好好休息，才有力氣帶我去啊。」我苦口相勸。

「好吧，我試試。」

余生在家門口回過身，她的眼瞳在漆黑而灰暗的空間裡，倒映星光。

她一度想說什麼，最後只是揮了揮手。

「回家小心，掰啦。」

她打開門，走了進去。

＼

好久沒有跟別人聊到爺爺了，更別說，聽爺爺的老友講到爺爺。

爺爺確實以想到我的名字而引以為豪，他也覺得，跟他的名字——林流雲一樣，頗有傳承的意思。

所有過往的回憶像是拼圖一般，在眼前一一掠過。

有些回憶太美，我仍忍不住伸手摘下，想試著回到當年。

難得地，我走向客廳裡的鋼琴。

「以前都放在琴房裡呢。」但現在琴房的隔間拆了，而這架開蓋式鋼琴因為是爺爺最愛的東西，一直留在家裡。

光影流轉而至，光芒透射而來。

小時候，家裡有間特別大的琴房，專門給爺爺練琴。

爺爺一開始都跟奶奶住在其他房子，奶奶先去世了以後，爺爺就搬回了老家，跟爸爸、媽媽還有我住在一起。

爸爸媽媽工作都很忙，平常最常在家裡陪我的就是爺爺。

當時的爺爺才五六十歲，身子也還算健康，平常出門散步、溜達，逛逛菜市場都難不倒他。他在大學教課，平常生活重心都放在音樂上。

大概是小學一年級的年紀吧，爺爺跟我一起坐在客廳吃著瓜子，忽然問了一句：

「天青仔，你想學鋼琴嗎？」

「鋼琴？」

「嗯，就是我平常在彈的那個樂器。」

「爺爺每天都在彈的那個叫鋼琴喔……看起來很厲害！」

我的眼睛閃閃發光。

直到今天，我還清楚記得小時候對爺爺的崇拜，爺爺演奏時的氣勢，一聽就知道是個大師級的人物。

他的指法、輕重、詮釋都早已成熟而完美。儘管當時的我還年幼，什麼也不懂，但爺爺的實力早已能吸引所有人。

每次爺爺準備在家裡彈琴，我都會坐到鋼琴附近玩玩具，一邊聽著爺爺的演奏。

爺爺拍著我頭，親暱地問道：「怎麼樣？想學的話，爺爺可以教你喔。」

「……我想學！想跟爺爺一樣，可以彈出很好聽的音樂！」

「好、好好。」

爺爺連聲說了幾次。

在那天以後，爺爺便在家裡教我鋼琴。

從最基礎的開始，最基礎的東西也就是樂理，要是看不懂五線譜、不懂節拍、不懂樂器，那也無從開始。

第一天要上課的時候，爺爺從家外面帶回了一個女孩子。小小的、可愛可愛，頭圓圓的，看起來還跟我差不多高，但是她的頭髮看起來有一點暖色的感覺，不知道是不是我看錯了。她眉開眼笑的樣子也好溫暖。

「天青仔，她叫做夏橙，你們以後一起跟我學琴。」爺爺說完，指了指我，示意夏橙走向我這邊。

夏橙乖巧地走了過來。

「你好，林天青，我們以後就是同學啦。」

「嗨，我叫做林天青……」

「那我要叫你小天天！」

「為什麼，這個名字聽起來很笨耶……」

「哪有，人家覺得很可愛啊。」

夏橙天真地燦笑。

她真的很活潑，也很善於親近人，幾乎跟誰相處都沒有距離感，很快就拉近了我與她的距離。

這讓原本有點害羞的我很快就放開了，第一堂課過後，我們就變成了青梅竹馬。

爺爺一週會幫我們上兩次課，同時盯著我們兩人彈琴。這也表示每週我跟夏橙都有兩天時間見面。不知不覺間，那也變成小學生的我每週的期待。現在回想起來，很純真也很可愛呢。

鋼琴，是一門需要投入大量時間練習的藝術。

跟爺爺學琴時，每天練一兩個小時是基本中的基本。要依靠投入大量時間，才能將樂譜、指法練熟。

「天青仔啊，夏橙是能靠音樂吃飯的人。」

「雖然你們都還小，這些東西聽爺爺說說就好。有些人能天分吃飯，有些人則因為沒有天賦，再怎麼努力都會失敗……但你們兩個人正好都是很有天賦，從小又很努力的人，只要你們想，未來都很有機會靠音樂當飯吃。夏橙，妳要記住了，妳的聲音，就是妳最好的寶藏。」

爺爺對夏橙的評價很高，尤其是夏橙的歌聲。

我也覺得夏橙唱歌很好聽，是我聽一般人唱歌時聽不到的。

夏橙的聲線，如春如夏。有一種渾然天成的生命力，她能輕易地唱出春天的氣息，彷若一開口，春天相伴的綠意與蓬勃生意就隨之而來。

她的聲線也很討喜，就像是小狐狸在森林裡亂跑、小松鼠在樹上亂跳，讓人直覺地想起那些小動物，可愛得讓人忍不住伸手去觸摸。

那些跟夏橙一起學琴的日子真的很快樂，是多年以後的我無比懷念的日子。

也或許是因為，那代表了我們無憂無慮的童年。

某一天，依稀是個平凡的假日。

我一起床，又看到爺爺在練琴。

「爺爺，您身體不好，不要整天一直練琴了。」

「沒事，我很健康。」

「才不好呢！你最近飯越吃越少、水也越喝越少，整天都坐在鋼琴前面，這樣身體會好才怪。多出去走一走，比較健康。」

「……」

「所以，下午帶我出去玩吧！」

「好吧。」爺爺想了想後答應，用手摸摸我的頭，「其實是天青自己想出去玩吧，哈哈哈哈。」

「爺爺，我想去火車站附近的玩具店。」

「火車站啊……」爺爺思考了一下，緩緩點頭，「那下午去吧。」

那一天，爺爺帶著我去了老火車站。

發現有台鋼琴落寞地展示在前廳，爺爺哈哈一笑，隨後領著我走了過去。

「天青仔，想看看鋼琴的魔力嗎？」

「哇，好啊！」

爺爺無聲地微笑，雙手靜靜地放到鋼琴上。

那一天，就是傳說中的日子。

爺爺以柴可夫斯基的六月船歌，施展凍結了整座火車站的魔法。

繽紛色彩的河流與草地，以鋼琴為中心向外蔓延，展示了多變而奇幻的自然風采。

一層層湧起的海浪。

一顆顆落下的星辰。

爺爺以鋼琴，為大家描述了一個巨大而遼闊的奇妙世界，所有路人都為他的音樂著迷，久久不願散去。

很難想像，在那麼多人的戶外，尤其是火車站前，居然有全體寂靜聆聽鋼琴的一刻。

而這就是爺爺的音樂。

「好聽嗎？」爺爺起身，和藹地摸摸我的頭。

「……哇哇哇哇，好好聽，帥炸了！」

「呵呵，那你學起來。」

那一天，是爺爺在我心中最帥的一天。

chapter 5

Before the Rain

（盛夏）

不知道為什麼，天氣從這天開始變得更熱了。

這個夏天真的很長。走在台北街頭，因汗水帶來的多餘黏膩幾乎無法隨著熱風而消散。

余生還在休息，沒有主動聯絡我。我想她需要更多時間、更多個人空間，好好調整。

一閒下來，之前擱置的事很快就找上門了。嚴格來說不是我的事，只是我也想幫忙而已。

夏橙的頻道已經整整兩週沒有更新，連ＩＧ都沒發了。

她的經紀人打電話過來，先跟我說明了近況，再說到夏橙似乎比以前更不想直播了。這次不只是沒有直播、彈琴的理由，而是到了幾乎想停下，再也不直播的程度。

夏橙會與經紀人溝通，但經紀人勸不了她。

感到無奈的他，只好撥打我的電話。

『林天青，你能幫我嗎——不，能幫幫夏橙嗎？』

「……」

我其實心裡想的是，人只能自救啊。

真正要邁出那一步——無論是繼續吃力地、不斷勉強自己往前，又或者往後退一步，快快樂樂過日子，真正選擇的人都只能是夏橙。

經紀人頓了一下，苦澀地說：『你要是勸不了她，就沒有人能勸她了。這次夏橙一定會放棄。』

「唉，聽你的口氣我就知道很嚴重了。」我嘆口氣，「夏橙在哪裡？」

『她剛剛還在家。』

「好，我會去找她。」

說完，我掛掉了電話。

我先走向客廳的落地窗前，望向屋外的午後太陽。

天空很藍，晴空萬里。

我悠悠哉哉地走出門，夏橙的家就在我家附近，走路不用很久。只是，我又能跟夏橙說什麼呢？

我按了夏橙家的門鈴，許久都沒有人回應。

在我們還是國中生時，我還常常來她家玩呢。升上高中之後，這是我第一次來。

太陽照得我頭頂幾乎快冒煙了，一直站在屋外等也不是辦法。我有點無言，只好拿起手機撥打了夏橙的電話。

「喂？夏橙？」

『嗯，找我幹嘛？』

「妳在哪裡？」

『我在一間樂器商店裡……你要來嗎？』

「可以啊，我有事找妳。」

『喔，那你來吧，我傳地址給你。』

夏橙說完，掛斷了電話。

這麼乾脆？心裡湧起一股微妙的感覺。

手機響了一下。

我收到了一個地址，看起來離夏橙家有點遠。要我夏天時走路是不可能的，這輩子都不可能。

好吧，我隨手攔下了一台計程車，往她所在的樂器商店而去。

＼

那間樂器行位於市區裡，是比較大、種類也比較齊全的樂器行。不只販售全新樂器，也有販售中古樂器。

我跟夏橙當然也一起去過那裡不少次。

計程車約莫行駛了十五分鐘，抵達目的地。我下車之後，用手隨意地抓抓頭髮就走進樂器行。

淡淡的青檸芬芳飄散，是空氣芳香器。

在盛夏從室外走進有冷氣的空間裡真的很舒服。

我環顧了一下樂器行，看到正在樂器行後方與店員討論事情的夏橙。

她很專心，根本沒有注意到我來了。

我走過去，令人大感意外的事情也隨之映入眼裡。

樂器行後方，有一架外表經歷過時光洗禮，染上淡淡的復古色彩，看上去價值不斐的開蓋式鋼琴。

「………」我停下腳步。

無力向前。

就像是有一道無形的牆在阻止我往前走。我發現自己幾乎不敢，也不想往前走。

只要再這裡往前，叫了夏橙的名字，我與她之間的連結，從小累計到現在的所有回憶中占據最大部分的東西可能會就此星飛瓦解，什麼也不剩了。

我知道她想幹什麼，這種事只有夏橙幹得出來。

那架鋼琴，我太眼熟了——

那是夏橙的鋼琴。

琴。

也是十年前，爺爺在教我與夏橙鋼琴時，夏橙的爸爸媽媽特地買給她的鋼琴。

不只乘載了時光，更象徵著太多太多東西。

原來今天不只是對她的考驗，對我來說，也是一道檻。

「……」弄清楚這件事後，我輕喚了她的名字，「夏橙。」

「哦？林天青，你來了啊。」

夏橙一個轉身，身影如燕般輕快而自在。

「妳怎麼會來這裡？」我故作不解地問。

這無疑是裝傻。又或者，是發自內心祈禱事情有什麼轉機的可憐人唯一的想法。

夏橙張大了眼瞳，直勾勾地看著我。一頭暖橙色髮絲在映照入室內的太陽照耀下，微微地閃耀著光芒。

夏橙知道我在想什麼。

她露出微帶遺憾的表情，伸手撫向鋼琴。

「這架鋼琴，林天青，你不可能不認識吧？」

「我知道這是妳的鋼琴。」

「嗯，對啊。從我跟你一起跟你爺爺學鋼琴時，我在家裡每天練琴都是用這架鋼琴喔，真的陪伴了我十年。」

「妳現在是……」

「我想賣了它。」

毫無遲疑、毫無隱藏，夏橙爽朗地說道。她的聲音裡聽不出任何可惜與後悔，而是雀躍、活潑的聲音。

我更加迷茫了。

咦？我今天來找夏橙，不是想跟她聊聊為什麼不直播彈琴、不錄影片了嗎？怎麼反而是我迷茫了？

夏橙跟工作人員揮了揮手。

「那個，我跟我朋友聊一下。」

「好，你們聊完再叫我，這架鋼琴我們店肯定可以收。保存得很好，也是很名貴的鋼琴。」

「我也確定會賣，等等我聊完再叫你。」

工作人員對我們點頭後，離開了。

夏橙拉開鋼琴椅，穿著短袖白色連帽衣的她在鋼琴椅上悠哉坐下。

這一副姿態我看過了無數遍。

從小到大，每一次我們一起練琴時。

「林天青，你不要這麼僵硬、緊張好嗎？」

「我……有嗎？」

「你也坐下吧。」

夏橙伸手指指旁邊的椅子。

我愣了一下後，也拉開一張椅子坐下。

「要喝點什麼嗎？我讓工作人員送來。」

「不用了。」

「那就來點冰水吧。」夏橙自然地接過話題，續道：「林天青，你到底來這裡找我幹嘛，是我經紀人叫你來的嗎？」

「是……」

「呵呵，果然。那傢伙雖然很認真，有時候也很可愛，就是做事真的太死板了，傻傻的。」

夏橙游刃有餘地用手在琴鍵上畫圈圈，彷彿這一切於她而言，早已不重要了。

「他說妳不想直播，也不想唱歌，不想繼續當一個音樂向的直播主了。」

「這暫時還不確定。」

「又是暫時？」

「嗯。」夏橙按下了一個琴鍵，發出沉重的低音，「未來不一定。但目前能確定的是，我要去拿回一年的空白。」

「……空白？」

「對，從現在開始的一年——我不會再碰跟音樂有關的事了。唱歌不可能，彈琴更是不可能，我打算直接把鋼琴賣了。」

「……為什麼？」我錯愕地問。

夏橙抿抿嘴，雙眼骨碌碌地轉動，回道：

「林天青，上一次你不是問我，我都已經做到了夢想的百分之九十九點九九，為什麼還繼續在這條路上前進嗎？」

「對，我問過妳。」

那是在深夜公園裡的對話吧。

我與夏橙在升上高中後，第一次交心地對談。

——妳當初的夢想——想讓更多人聽到妳的音樂，想跟更多喜歡妳音樂的人聊天，永遠不孤單，妳全都做到了。

——雖然不能說是百分之百，但也做到了百分之九十九點九九。

——那妳還想直播嗎？

——想。

夏橙所說的話，字字清晰。

我本以為，那場對話在確定了夏橙藏在內心深處的欲望後，應該可以支撐夏橙繼續走下去一陣子，至少幾個月吧。

我攤攤手，面露納悶。

「夏橙，我記得上次最後妳是說妳想繼續直播啊。」

「……」

夏橙抬眼望了我一眼。

像是懶得解釋似的，她輕嘆一口氣，隨即將眼神轉離。

「夏橙，就算是閒閒沒事時直播一下也好，想彈琴時就彈彈琴，想唱歌就唱歌，還有很多很多人想聽妳的音樂，這樣不是很好嗎？」

「一點也不好。」

夏橙從鋼琴椅子上起身，背對著我，溜到了窗邊。

她面對著和煦的陽光。偏向冷靜的聲調靜靜地傳來，竟透出了清冷的味道。

「我想彈，但不是現在了。」

「……」

「天青仔，我想要拿回一年的空白，這一年裡我想重新過過自己的人生——沒有鋼琴也沒有歌唱的人生。」

「……」

「從我小學二年級以後，我的生活一直被音樂占據了很長的時間。」

「這我知道。」

「你也是啊，林天青。」夏橙沒有回頭，聲音依然輕輕的，「從我們都還小時就一起學琴，一起在你爺爺的教導下，整天沉浸在音樂的世界裡。」

「……妳不快樂嗎？」

「我們都很快樂。」夏橙真誠地說。

「那為什麼現在要放棄了？」我不解地追問。

「……你這個比我還早放棄的人，事到如今，還敢問我這種話嗎？」夏橙說到激動處，加大了音量。

她轉過身，略帶責備、略帶不滿地瞪向我。

比夏橙更早放棄。這句話讓我無話可說。

我在她直視著我的清澈雙瞳裡漸漸垂下了頭。

是啊，我是更早放棄的那個人，我又有什麼資格質疑夏橙呢？我或許根本不該來這裡。

夏橙將雙手抱在胸前，繼續說道：

「不過林天青，你放棄了彈琴，跟你爺爺去世有很大的關係，我也不想提這個了。說回我的事吧。就是因為過去十年我一直在彈琴、一直在唱歌，現在的我更好奇——去掉了音樂，屬於我的人生……會是怎麼樣呢？」

我心裡一愣。

去掉了音樂的人生，那些多出來的上萬個小時，上萬個空白，用什麼去填補？仔細一想，那就像是一張空白的圖畫紙，有著無窮的機會。

或許會遠比現在更加繽紛吧。

「夏橙……」

「你理解我了吧？林天青。」夏橙微微一笑，「這個答案，除非我真的放下音樂，否則一輩子也不會知道。」

「嗯。」

我完全無法否定。

夏橙提出的想法，壓倒性地得到我內心深處的讚賞與認同。我們兩人一開始的夢想與投入的時間、精力，或者該說最一開始踏上旅途的地方，基本上是一致的。

就是爺爺所在的琴房。

我們在那裡度過了無數靜謐得令人嚮往的時光。從小一起長大、一起學琴，一起投入了極其大量的時間。夏橙所說的，又怎麼不吸引我呢？只是我一時無法接受、內心抗拒而已。

夏橙走向我，把手靜靜地放在我的肩膀上，很柔軟、纖細的一雙手。很意外地，我居然感受到夏橙手上的脈動。

輕輕的聲音傳來。

「林天青，你也不用勸我了，現在的我，更好奇——去掉了音樂，屬於我的人生會怎麼樣呢？」

「……」

「有可能我是一個畫家？有可能我會開始去學怎麼做甜點，也或許我什麼也做不了，音樂就是我唯一的天賦。但那也無妨，至少我不再只是唱歌彈琴了。」

夏橙笑道：「你不覺得，好像在探險嗎？只是這個探險的地方，是我們的人生。」

「我、我……」我深深吸了口氣，鄭重地點點頭，「對，我認同妳的說法。拿回一年的空白時間，去做音樂以外的事，妳有無限的可能。」

短暫地沉默。

接著，傳來幾聲悅耳的笑聲，那裡頭也帶了一點滿足與如釋重負的情緒。都還十分年輕的我們，做出的每個決定，多少都渴望得到認同吧，尤其是來自最親密的友人。

「我就知道你懂我，天青仔。」夏橙直率地說。

她用手拍拍我的頭，在我身邊也坐下了。

我們的身子緊緊靠著，一起坐在一張椅子上。

「……」

我也很久沒有跟夏橙這麼近距離接觸了。

自從升上高一後，也許是分班了，也許是男女之間的性別意識出現了，我們不再像以前那般親密。

夏橙比較矮，坐在椅子上後，腳會剛好懸空。

她前後來回踢動著腳。這動作讓我想起當年，我們一起坐在離地面較高的盪鞦韆上。

一時想起回憶，讓我忍不住放鬆地笑了。

哎呀呀，不過就是彈琴嘛、音樂嘛、唱歌嘛，都比不上人生吧。

此刻，我終於明白自己內心不僅僅只是認同夏橙，恐怕……我也有過類似的想法。只是，我沒有夏橙這麼明確而已。

現在的我也不討厭彈琴，只是沒有理由彈琴而已。

我一直找不到彈琴的理由。

樂器行裡播放著輕音樂，窗外溫暖的陽光依然從窗外透射進來，窗簾下的灰塵粒子隨著風輕輕飄揚，偶爾有幾個看琴的人路過我們。

「……」

「……」

唯有沉默，再無其他。

我們兩個人就像在享受最後一秒悠哉而單純的共處時光一般。

誰也不願意打破沉默。

誰也不願意站起身。

誰也不願意破壞。

這一小段時間，與夏橙的回憶化為照片，一張張在我腦中閃過。

小小夏橙、小夏橙、夏橙。

我們一起經歷的故事實在太多，一起走過的旅途也過長。

從今天以後，這一切就不一樣了。

我們兩人一起接觸過最多的東西，就是音樂了。音樂是我們最主要的話題，也是將我們兩人緊密連結在一起的元素。

而在今天以後，我們兩人都再無音樂了。

安祥而寧靜，我與夏橙依然緊密地靠著彼此，直到這彷彿隔絕於時空之外的兩人空間被夕陽的光彩所籠罩。

時間晚了，該回去了。

「嗳，夏橙。」

「嗯哼。」

「不彈琴不唱歌以後，妳的頻道怎麼辦？有那麼多人訂閱耶。」

「天青仔，可不可以不要像大人一樣，講什麼一開始都先講到跟利益有關的東西。」夏橙逗我似的反問。

「……」

「哈哈，你已經變成我們最討厭的大人了嗎？」

「我也被這個社會汙染了……」

「沒關係，常跟我在一起就會恢復了。」夏橙率真地說，呵呵一笑，「頻道我會說休息一年，那些粉絲，想留著就會留著了。」

「嗯。那妳最想先去做什麼？」我好奇地問。

夏橙晃動頭，用食指抵住下顎。

「喔……這個其實還沒有想得很清楚。但是，我最想先去學怎麼做馬卡龍！哪一天，搞不好我就是個厲害的甜點師啦！」

「我很期待看到那天，哈哈。」

「到時候我一定請你試吃！」

夏橙興高采烈地說。

那是如晴天般的燦笑，也是如若天真的孩童般毫無煩惱的笑容。

我不由得反問自己，在今天以前，已經有多久沒看到夏橙這般毫無後顧之憂的燦笑了？

……好久了。

原來我一直沒有意識到，夏橙在一條路上走得太久了，當她回首一看，不僅是同伴沒有跟上，就連後面出發的人都沒有了。

這趟旅途，其實早已抹去夏橙心裡很多很多的東西了吧。

那些感性、那些敏銳。

我下意識地苦笑了，但也是釋然。

幸好，夏橙最後找到了穿越迷途、釐清迷茫的方法。

放下音樂一整年，拿回屬於自己的一年時間。在這一年裡，她可以體驗完全不同的人生，與過往十年都不同的人生。

很好啊。

「走吧，夏橙。」

「嗯，回去啦？」

「是啊，都這麼晚了……」

夏橙跟著我一起站起來，往前擁抱了我一下，我也回抱住她。

這是屬於朋友之間的擁抱。

「林天青，果然還是你懂我……我會去看看新的旅途。」

「嘿嘿，記得跟我說感想。」

「沒問題。」夏橙放開了我，並揮揮手，「你先走吧。我要跟業務員討論一下，把這台鋼琴賣掉。」

「好，再見。」

我再看了一眼鋼琴，一瞬間湧起拿出手機拍照留念的衝動，最後收住了。

我留意到了夏橙半紅的眼眶，與微微溢出的淚水。

我們都要跟過去告別，然後踏上新的旅途。

迎著夕陽，我走出了樂器行。一個人走在回家的路上，太陽西下了。

暖橙色的光暈，在地上映照出長長的影子。並不是很熱，加上現在的我更想在外面走走，乾脆就走回家吧。

陽光有些刺眼，我用手遮住了部分的陽光。

「真是，完全想不到。」

在今天來之前，我想過幾種勸夏橙的方式，也想過幾種夏橙回絕的方式。

唯獨沒有想到，夏橙早已下定決心要放下音樂，拿回屬於自己的一年。

她正面面對了內心，並正面給了回應，坦率面對情感到令人佩服的地步。幾十萬的訂閱與背後的利益甚至不在夏橙思考的範疇。她唯一所想的就是，拿回一張空白的畫紙，而不是被音樂填滿的畫紙。

手機又響了。

我從口袋拿出手機，發現是夏橙經紀人的電話。我掛斷電話，不再理會。

遲疑了幾秒，我打開夏橙的 Youtube 頻道。

裡面的內容已經被清空了，一支影片都沒有。

「……」

一下子，就告別了過去。

夏天裡的貓，就此成為了過去式。

不管夏橙之後的人生是怎麼樣的顏色，又被什麼樣的東西所填滿，我相信，她最後一定會快樂地找到新的目標。

一定沒有問題。

我仰頭看了一眼天空，遍布夕陽光彩的霞雲，染上一層層不可思議的色彩。

這個夏天，就這樣畫下了句點。

／

夏天結束了。

在學校的我們，已聽不到蟬鳴，天氣也不再那麼炎熱。

偶爾放學回家，當路上的冷風吹拂而過，還會覺得有點冷。

班上的氣氛漸漸冷淡，又或者是成熟了。我們也不再是剛剛入學的小高一，對任何事都還抱有新鮮感，有時反倒覺得很疲倦。

屬於高一的繽紛夏天有點過於豐富，但還是平安過去了。

經過一些日子，余生打了電話過來。

『嘿，林天青嗎？』

「怎麼了？妳好一點了嗎？」

『都幾天了，當然好了。』余生直切主題，『走吧，我帶你去一個地方。』

「去哪裡？」

『之前我說過要帶你去的地方。』余生醞釀了一下，『跟我一起去了那裡，你就知道我之前那麼急著找你爺爺的原因了。』

「……好。」

謎題終於要揭曉了嗎？

余生到底為什麼一直在找十年前在老火車站彈奏六月船歌的傳奇鋼琴家——林流雲，也就是我的爺爺。

╲

余生，帶了我去和平醫院，是一間位於台北的大型醫院。

「我們來這裡？」

「跟我走。」

余生穿著黑色的寬大風衣，單手拉住我的手臂，不容分說地帶著我走了進去。

這很余生。

本來還不知道為什麼要約在醫院，直到余生領著我走進一間雙人病房。

一個男人與一個女人，正躺在床上休息。

乍看之下傷得不輕，好像都有骨折，有不少地方綁上了繃帶，並用固定器固定。

我納悶地說：「……這裡是？」

「爸爸、媽媽，我來了。」

余生不理睬我，往前輕快地走去。她手上拎著一包從外面打包進來的麵，原來是為了探望受傷的雙親。

她在兩人的病床邊分起牛肉麵。

她的爸爸媽媽不太能大動作移動，余生還要看著他們。

「……叔叔好、阿姨好。」

我連忙走過去，一邊協助余生，一邊跟她的爸媽打招呼。

「哈囉，你好啊。」

「嗨……」

余生的爸爸媽媽都能正常回話，但顯然移動上很不方便，說話時也欠缺力氣，就是很虛弱。

「我叫林天青，是余生的同學。」

「啊，她有跟我們聊到你過。」

「——爸爸。」

正勾起我的好奇心，余生立刻用手拍了一下男人，然後瞪了我一眼。

「……」

看來余生的個性不管在家裡家外都是一樣的。

余生分完麵，把餐具交給爸媽。

「好了，爸爸、媽媽，你們先吃麵，我跟我同學出去一下。」

「好，妳去忙吧。」

「走吧，林天青。」

「嗯。」

我沉默地跟著余生走著。

她帶我去醫院的大廳。

大廳燈光明亮，從巨大的落地窗外透入的自然光，讓整個大廳看起來極為舒服。

大廳中央有架鋼琴，似乎是有時候院方會請人來這裡演奏。在醫院這樣的地方，彈點舒緩、抒情的音樂也有助於抒解壓力。

余生從投幣式飲料機裡拿出兩瓶咖啡。

「嘿，接著。」

「……咦！」

余生隨手丟給我一瓶，我連忙接住，差一點就沒接到了。

我們停在落地窗前。

從這裡望出去，是醫院的前庭……有經過細心打理的植栽與樹木，有些病人在那裡散步，有說有笑。

「嗳，林天青。」

「我在。」

「我為什麼那麼急著找你爺爺，是因為我爸爸媽媽之前遭遇了一場車禍。有一次我們在聊天時，他們兩個人都不約而同地講起當年的那場演出……」兩個人都受了重傷，雖然現在看起來好一點了，但還是遲遲不能出院。

——我想幫他們完成他們的心願。

我點點頭。

「嗯。」

「——我爸媽很想再聽一次。」余生看向我：「當年你爺爺在火車站前的表演，是他們兩個人第一次聽到那麼美的鋼琴曲，在他們心裡留下了深刻印象。」

「我明白。」

「對我也是。畢竟，那可是讓幾百個人在路上停下來，都安靜下來，一起仔細聆聽的表演……現在來看，太不可思議了。」

余生不敢置信地搖搖頭，並看向窗外。

確實，余生自己也是鑽研音樂的人，而且是有一定實力的獨立歌手了。要她憑著歌唱讓幾個人就此停下，並聚集到她身邊……這無疑是天方夜譚。

但是當年，我爺爺做到了。

鋼琴大師——林流雲。

我嘆了口氣。

「余生，妳想要我做什麼？」

「我想要你彈當年那首歌……給我爸爸媽媽聽。」

「柴可夫斯基的六月船歌？」我微微退了一步，「余生，不是我不想，但是那首歌並不是簡單的曲子。」

「……」

「真的有點難……」

余生眨眨眼。

她深邃而漆黑的眼眸無聲地轉向了我。

她沒有說話，甚至沒有半點表情。但那雙眼瞳光是與我對視，就足以讓我發自內心開始汗顏，思考著自己是否做錯了什麼？

「林天青。」

「嗯……」

「你可不可以不要每次遇到音樂的事就開始推託、找藉口？」

「我沒有吧……」

「像個小孩一樣辯解，實在太難看了。」

余生輕聲說。

她細緻的臉蛋、垂落在臉頰兩側的霧灰色髮絲，再再吸引著我。

她不想要繼續問了。

要是我回絕，恐怕會造成難以挽回的後果。我想了想，最後無奈地點點頭。

「如果妳的爸爸媽媽希望聽到水準比較高的演出，還要是演出柴可夫斯基的六月船歌，那……我要練習幾天。」

「幾天？」

「……五天。」

我給出了保守的數字。

余生想了想後，說了聲好。

「林天青，我等你。」

「……」

「等到你來為止。」

余生留下這句話，就轉身離開了。

我本想呼喚她，最後卻沒有開口。

就做吧，畢竟，我也對余生滿不好意思的。

不過，我已經好久好久不曾碰鋼琴了，說有多生疏就有多生疏。

回到家以後，我走到鋼琴前。

前一陣子，某一個無聊而平凡的晚上，我也曾坐在這架鋼琴前。

或許是夏橙之前的話點醒了我，敲醒了我，讓我也開始反思自己對音樂這條路的態度。

我確實沒有理由彈琴，也很久不彈琴了。

曾經投入大量時間的吉他，也早就不知道被我丟到哪裡去了，可能在床底下積著灰塵吧。

但倘若真的問自己還願不願意彈，我心裡的答案是什麼呢？

是否會像夏橙那樣果斷離開，去奪回自己的時間？

「……」

我也沒有理由放棄吧。

一路拚命往前衝、即使受傷也再所不惜，不管前方的道路有多坎坷，都堅定地往前衝的余生，還有依靠早期投入的努力、本身就具有的歌唱天賦，加上天降運氣，短時間靠著音樂爆紅的夏橙都跟我不同。

「唉……」

我雙手抱住頭，一邊望著鋼琴，滿滿的苦惱。

嚴格來說，我甚至不算踏上了旅途。在開始競爭前、在踏上舞台前我就放棄了，那又有誰知道我踏上舞台後能綻放多少光彩呢？

說不定，我能綻放的光彩比夏橙還更為亮眼。

但是，我渴望那種光彩嗎？

我不知道。

我單手撫向琴鍵，感受著琴鍵本身。

一股悲傷的情緒混合著些微的後悔，從我的脊椎處一路往上竄，直至我的大腦。

過去這幾年……

自從爺爺去世以後……

我在做什麼呢？

是不是在一片充滿樂器與音符的紙上，不斷地以白色的顏料，將一切塗白，試圖遺忘那些事。

為什麼？

如果爺爺知道了，會怎麼想呢？

當初，他又為什麼要帶我學琴呢？

那股不知從何而起、從何而去的傷感，輕易地將我的心之提防沖毀。

一陣陣浪在我的心裡引起巨大的海嘯。

衝擊，一陣陣地撼動著我。

我把手按向胸口，胸口正在激烈地起伏。那些難以言喻的悲傷，似乎將我想彈琴的欲望帶了回來。

關於音樂的事，終究只能用音樂訴說。

我把雙手放上琴鍵，一邊閉上了眼睛。

彈吧彈吧。

唱吧唱吧。

把所有想說的話，都用音樂說出來吧。

「天青仔，手不是軟的，要像是饅頭一樣，拱起來。」
「夏橙，仔細聽聽天青仔彈琴的節奏！」
「每一個人彈同一首歌，都是不一樣的。你們要在腦海裡想像，想像一下自己彈出來的音樂。」
「等到你們哪天感覺自己的琴聲能感動到自己了，就能感動很多人了。」
「練習、練習，鋼琴這種東西，最基本要練習一萬個小時以上喔。夏橙、天青仔，沒事就多多練習。」
「……最近，你們兩個彈得越來越好了。」
爺爺說過的話，歷歷在目，都是在這架鋼琴旁親口說過的話。
當時我與小夏橙，也常常一起在這邊聽訓、上課。
「唔……」
鼻音傳來，我這才意識到淚水滑落了臉頰。
要是夏橙也在這裡，不知道會怎麼樣？

夏橙那傢伙一定會哭出來。

我倔強地抬起頭，無視被淚水影響的模糊視線，僅憑感覺——將雙手準確地落在琴鍵上。

柴可夫斯基的六月船歌。

這首歌從小我就已經練得滾瓜爛熟了。

手指拱起——手背像饅頭一樣撐起，心裡默唸著節奏，而後輕輕地落下琴鍵。

琴音響起。

既熟悉，又陌生。

六月船歌是一首舒緩而優美，譜寫出豐富感情與俄羅斯風情的歌。

我在心裡描繪出俄羅斯大地的冰雪風情，還有一條條神祕小河穿越毫無人煙的巨大森林。

群星在夜空中閃耀。

偶爾，幾顆流星拖著長長的尾巴在夜空中畫出美麗的弧線。在燦爛星空之下，幾個旅人圍著火爐，一起烤著手，又或者，他們正在煮著肉湯。他們都對未來的旅途抱有信心與期待，每一個人都期待著明日。而非昨日。

彈著彈著，我清楚地聽到自己所彈出的每一個琴音。雖然青澀不少，但幸好我的實力也不算退步太多。

繼承了爺爺的天賦，又怎麼能丟了爺爺的臉。

柔美的鋼琴聲在家裡迴響著。

我不由得微笑。

原來，彈琴還是一件會讓我有成就感跟開心的事啊。彈著彈著，連我的家人都跑出來面露詫異地望著我。

媽媽問著我：

「咦？林天青，你怎麼又想彈琴了？」

「我只是想到一點以前的事而已。」

「什麼事啊？」

「跟爺爺有關。」

我輕描淡寫地帶過，並沒有多加解釋。

我只是練習著六月船歌。這是我答應余生的事，彈這首歌給她出車禍、正在醫院的爸爸媽媽聽，不代表我要從此回到音樂的懷抱。

＼

從那天開始，我瘋狂練著琴，投入了大把的時間。

有點回到最初接觸鋼琴時，那時候的我也是瘋狂練著琴。當然，當時的我除了練琴，也沒有什麼事可以做。

我一心只想把一首曲子彈順，目標是像爺爺，可以用一首歌感動所有路人。讓他們紛紛忍不住停下腳步、放下手上的事，聚集到爺爺身邊。

這難道也是我現在練習六月船歌的目的？想彈出不亞於爺爺當年的演奏。

我讓自己沉浸在琴音中。

好久沒有像這樣沉醉在五線譜與音符裡了，我能感受到雀躍與放鬆。

這是放棄彈琴的這幾年來，我很少感受到的情緒。

說好的五天。

接連練習了幾天，我已經練得差不多了。以我的實力所能展現的最好演奏，大致上準備完成了。

不知道余生聽到這首歌，反應會怎麼樣。

我很好奇。

＼

秋天，是最感性的季節，不冷不熱、秋高氣爽，走在路上也是最舒服的季節。

我撥了電話給余生。

「余生。」

『哦？你練習好了啊？』

「我練好了。」

『那明天去醫院吧？我到時候把爸爸媽媽推到大廳去，就能聽到你的演出了。』

「那台鋼琴我能用嗎？」

『可以，我會先去跟醫院預約，不用擔心。』

「好。」

『你不會害羞吧？嘿。』

「想太多，妳明天不要太感動。」

『……你才想太多吧！』

余生的語氣明顯失去克制，但裡頭隱含著期待，很少能聽到余生這樣的聲音。

隔天。

我換上了襯衫與長褲，仔細一想，好久沒在假日穿得這麼正式了，這畢竟是一次公開的舞台。

我在出門前，好好地再練習了一次。

手指很靈活，也能清晰地聽到每一個音符。

到了醫院入口。

我與余生簡單地透過 Line 對話。

『我到了，妳呢？』

『我現在帶爸媽下去，你等我一下喔。』

『好。』

『希望你也能感動所有人，林天青。』

真是的，以為我有爺爺當年的水準嗎？

我忍不住笑了，並在醫院大廳的鋼琴旁邊等待著余生，直到確認到余生推著爸媽，正待在大廳一角。

她對我比了個OK的手勢。

微微吸了一口氣，我直接走向安放在大廳中央的鋼琴。

幾個到醫院辦事的路人見到有人走向鋼琴——還是一個學生，可能是抱持著看熱鬧的心態，也靠了過來。

「……」

我心裡沒有半點緊張的情緒，從小經過爺爺嚴格訓練，我上舞台的心理建設非常完整。我拉開了鋼琴椅，調整高度。

坐下後，心裡深深地吸了口氣。

這首歌，我想帶給大家什麼樣的風景？

我閉上眼，在心裡繪製出最初的想像——我開始演奏。

鋼琴聲流洩而出。

柴可夫斯基的六月船歌是來自四季系列，為了描繪出俄羅斯的四季風情。

三月的雲雀之歌、四月的松雪草、五月的白夜。

都是用優美的弦律、豐富的和聲、絢麗的色彩去描繪俄羅斯的國家風情。而六月船歌，時令無疑是屬於充滿生命力的季節。

我所要描繪的景色——春天與小湖。

我盡情舞動雙手，展現出輕舟蕩漾般和緩而輕鬆的弦律。

我們都漂泊在湖面上，悠哉地曬著太陽，春日的陽光放慢了世界的節奏。

觀眾們都沒有發出聲音，不知道是不是好聽。

春意盎然的森林裡，大地一片青綠，花朵散發著花香。

波光粼粼，湖面蕩漾的小湖，如若明鏡似的倒映著湖畔的森林。在湖的另外一畔有座葡萄園，飽滿的葡萄正掛在籬笆上。

和煦的陽光高高照耀，小湖反射著陽光，看起來是那麼愜意而安祥。

我想起爺爺當年的演奏，就是繪製出了一副令人嚮往的奇幻世界。

有可愛的蘑菇屋、高聲聊天的小矮人、堆放在木桌上的烤麵包與大塊烤肉，是寧靜的田園風情。

「……」

我閉起眼睛，繼續舞動著雙手。

把弦律從心裡帶出來。

把情感從琴鍵裡帶出來。

把溫馨的風景，從琴音裡透出來。

彈到後來，我感覺到自己正身處於那座湖泊，身子更感受得到湖面的波紋。緩慢到幾乎無法察覺，但我們確實漂泊在靜謐的小湖上，彷彿我彎下腰，伸出手——就能觸碰到水面。

六月船歌漸漸來到尾聲，我也已精疲力盡。

背後出了汗，雙手也痠了。

傾盡全力在舞台上彈一首曲子，遠比練習幾百次還要累。六月船歌雖然不是特別炫技，但更需要投入深刻的情感。

爺爺，我彈得如何呢？

余生，我彈得如何呢？

小船靠岸了。

我走上了森林的地面，那座葡萄莊園就在不遠處的地方……只要到了，就能摘下飽滿的葡萄，享受春天的滋味了。

結束了吧，這一趟旅途。

——我在鋼琴上彈出最後一個音符。

不知道是好是壞，我只知道，這一趟旅途值得了。

站起身時，我聽見了掌聲。

一時間，我無法分辨掌聲的大小，剛才太沉浸在鋼琴演奏中了。但是，聚集在鋼琴邊的人不知不覺間也圍成了一個小圈圈。

一如當年。

余生與她的爸爸媽媽也在人群裡，他們興奮地拍著手，看來我的表演應該是成功了。

我有些虛弱，但還是勉強走下舞台。腳步一個踉蹌，是余生從正面扶住了我。

她的臉蛋上掛著滿足的笑容。

好美，或許我願意為這樣的笑容演奏。

「謝謝你，林天青。」

「好聽嗎？」

「好聽。」

余生直勾勾地注視著我。

那毫無疑問，是發自內心的讚賞與認同。

我不由得稍稍紅了臉。

「嗯……」

「我看你還是跟我組樂團吧！」

「……不要趁機坑我！」

／

在醫院演奏完後，隔了一天，余生就約我出去。

我們約在獨立唱片行。

一人一杯咖啡，像第一次遇見彼此那樣，坐在獨立唱片行前的空地。秋天的微風吹拂著我們，一地的落葉不時被風吹起。

「謝謝你喔，林天青。」

「不會。」

「我爸爸媽媽都很喜歡你的演奏……雖然跟你爺爺的風格不完全相同，但是也是好聽的一首鋼琴曲。」

「其他人的反應呢？」我忍不住問。

「很多觀眾都聽傻了。」余生微微傾斜頭部，「他們覺得這麼年輕的學生，怎麼可能彈得出那麼高水準的鋼琴，很多人都被震驚了。」

「……」

「有些人有拿手機錄影，你搜搜看應該會有，嘿嘿。」

「……別，還是不要搜了。」

我連忙擺擺手。

余生看了我一眼，用手輕輕一別臉頰側的髮絲，向前伸展一雙長腿。

「嗳，林天青。」

「嗯。」

「跟我一起成立樂團吧。」

「……啊？」

「林天青，你的天賦繼續混吃等死太浪費了。」

「什麼鬼，我要廢也很開心啊。」

「哼，會有跟我一起合奏開心嗎？」

余生不服輸地問。她的霧灰色長髮隨著秋風而搖曳，時不時露出的白皙頸項吸引了我的視線。

……這倒是。

跟余生一起踏上舞台，看著余生高唱著歌，浪漫了放縱與頹廢，而我為她伴奏吉他。

似乎也會是一件很開心的事呢。

我想跟余生一起演奏、一起演唱……嗎？

我微帶遲疑地說：

「余生，我不是不想，我只是沒有理由拿起吉他而已。」

「你還在說這句啊？」

「……」

「那我給你一個理由。」余生饒富興趣地看著我，自信而理所當然地說道：

「林天青，我就是你的理由。」

「……」

我微微一愣，這理由有點特別。

「跟我組兩人樂團吧，名字我都想好了。」

「姑且聽一下叫什麼名字好了。」

「往日餘生。」

「……還可以。」

挺有意境的名字，跟余生的名字也有關係。

余生顯然對這個名字非常滿意，對想出這個名字的自己更是自豪。

她哼了一聲，露出自傲的表情。

「怎麼樣？」

「……」

「不要再找什麼理由了。林天青，我就是你的理由。」

「這……」

「為了我而彈吧——如果你非得要為了誰而彈。」余生果決地說。

余生將左手搭上我的肩膀，上半身靠向我，鎖定住我。身子降低，以由下往上看的角度探向我的雙眼。

不只是余生在問我，我也在問自己：這個理由夠強烈了嗎？

足夠讓我再次拿起吉他，繼續彈奏下去嗎？

為了余生，與她的歌聲。

……我忽然想起，與她相識的第一天。

光影流轉而至，光芒透射而來。

那是一個穿著黑色風衣、一頭散漫長髮的女孩，正坐在咖啡館前的空地。

她長度及肩的霧灰色髮絲，髮尾部分稍稍濡濕了。垂落額頭、長度及眼的內彎瀏海倒是沒有沾上雨水，依然輕盈。

吉他聲流轉，聲聲緩緩、隨性而奏，就像是刻意慢了幾拍。

瀟灑而任性。

一身黑色的她坐在一張折疊椅上，翹著曲線漂亮、白皙光滑的雙腿，雙手漫不經心地抓著吉他。

看似漫不經心，卻彈奏著迷人的樂聲。

慵懶而散漫。

她放縱了浪漫與頹廢。

起初，慵懶的聲線聽起來很舒服。後來，女孩的眼眶漸漸泛紅，近乎是強忍著淚水、鼻音與抽泣，勉強地唱著。

到底是遇到了什麼事，才會讓這個女生邊唱歌邊泫然欲泣呢？

我重整思緒。

「嗳，余生，妳的夢想是什麼？」

毫無遲疑、毫無思忖，余生幾乎是瞬間說道：「唱出能感動世界的歌。」

「那要是夢想完成了呢？」

「完成就完成了。我喜歡唱歌，唱歌的本身，就是唱歌的全部。」

「……」

「就算是完成目標了，我也會依然唱著——因為我喜歡。」余生輕快地說。

她的表情沒有半點疑惑與納悶，那是發自內心的想法。

我先是微微吸了一口氣，而後仰頭望了一眼天空。

是啊，這樣個人風格強烈的答案，也是面對漫長旅途中產生的迷茫的答案之一。而余生，正好是能貫徹這個信念的人。

我淡然地說：「好，我加入妳。」

「咦？真的嗎！」

「妳的歌聲……我相信有了我的伴奏，我們真的能感動世界。」

「——耶耶耶。」

余生上半身撲向我，正面抱住了我，把我放倒在椅子上。

需要這麼激動嗎？

我邊回抱住余生，邊感受著她的頭靠在我胸口所帶來的感覺。

好溫暖，好柔軟。

雖然霧灰色的髮絲有點搔癢，但我不捨得她離開，余生身上熟悉的香水氣息更是挑動著我。

好想要一直與余生在一起。

這瞬間，我在心裡啊了一聲。

原來在不經意間，我已被余生徹底吸引了。

往日餘生。

從此之後，我們就要用這個團名，開始在獨立樂團圈努力了。

「是說，你彈吉他真的很厲害吼？」

「真的啦。」

「那我要去報名時代音樂祭的比賽了，嘿。」

——這就是，往日餘生的旅途最初的開始。

chapter 6

Before the Rain

（夏日後）

那是在往日餘生正式組團一段時間後的事。

或許是因為余生的歌聲太過獨特，我們確實在短時間內取得了成績。那些時光、那些過往，都是足以收進藏寶盒中的珍貴回憶。

余生的房間，看起來就是典型玩樂團的人的房間，掛滿了獨立樂團的海報。角落四周放著樂器、小型電子琴與鼓棒，散落在地的琴譜難以計數。

余生平常的穿搭以黑、灰色為主，在床上與地毯上都看見了各式各樣的黑色大衣。

她極快速地把衣服統統塞進衣櫃，空氣間散發著余生平常使用的香水氣息。

丁香和醋栗。

那是偏強烈的氣息，尤其適合余生這樣個性颯爽、敢愛敢恨的女孩。

余生自在地把身上的長版大衣脫掉，隨手丟向床上。此刻的她，身上穿著一件深灰色的一字領上衣加上居家的棉褲。

「要喝點什麼？」

「給我咖啡吧。」

「沒有那種東西，只有酒。」

「……我們不是都還沒十八歲嗎？」

「哈哈，開玩笑的。」余生燦笑，「有咖啡，我泡給你吧。」

「好。」

余生離開的空檔，剩下我一個人在她的房間裡。

她家也只有她一個人。

雖然看起來有一點亂，但看得出來她最常待的位置都有適當整理過。像是寫歌的書桌，還有地毯一角練琴的小方圓。

我忍不住微笑，因為余生在這個房間裡的日常生活太容易推敲了。

——一心致力想成為歌手的人，甚至願意付出一切。

其實，真的很帥啊。像我付出的努力與意志就遠遠比不過她，夏橙也是。

余生很快就端來兩杯咖啡。

咖啡的香氣明顯，不是手沖的，就是濾掛式的咖啡。

余生遞了一杯給我。

能喝到余生親手泡的咖啡，也很開心了。迴盪在口中的咖啡香氣讓我的精神振奮了不少。

「林天青，你對寫歌、原創也是略懂略懂吧？」

「嗯，略懂略懂。」

「給你看看我最近寫的歌。」

「今天不是來練習合奏的嗎？」

「是來練習的……但是先看看我的歌啦，哪來這麼多話！」

余生講不過，乾脆就不講了。

她用手一別霧灰色的長髮，髮絲在半空中畫出優美的弧線。她邁開長腿走向桌邊，翻翻找找，找出一張寫有歌詞的紙。

她遞給我。

「這是我最滿意的作品。」

「我看看……」

我瞄了一眼標題——昨日之歌。

「余生，妳是不是對時間的主題很有興趣啊？」

「對啊。我一開始最想做的歌，就是以昨日、今日、明日，三種時空譜寫而成的時間系列。」

昨日之歌。

「也就是說，這一首只是開頭……」

我在內心一笑，這個主題我滿喜歡的。

昨日之歌

哈囉，好久沒看到妳

這陣子妳去了哪裡？

生活這麼煩人，我只想喝著那提

跟妳一起坐在咖啡廳裡

秋天是我最喜歡的季節
那天正好在下雨
妳穿著一身黑，在我耳邊低語
妳說好想淋著雨滴唱著歌
秋天的細雨裡響起熟悉的弦律
我知道，那是最美好的聲音，遇見妳是我最好的際遇
那首歌，是我們最愛的那首
我們跟著時間走啊走

我們去了酒吧
聽著爵士藍調與 lofi 的派對
妳微醺地抓著長島冰茶
臉紅紅靠在我的肩膀上說自己沒醉

一個夜晚才剛剛開始
妳大聲問著駐場樂團在哪
搶來 mic 大聲唱起歌，魔幻的聲音意氣瀟灑
那首歌，是我們最愛的那首
我們跟著時間走啊走

我們度過了多少春夏秋冬與青春
寫著歌，一起把歌唱
拒絕了多少次梅菲斯特索要的靈魂
在時間流淌成的長河上尋尋覓覓
我想起了妳的豆沙色嘴唇
還有黑莓般屬於妳的氣息

那首歌，是我們最愛的那首

我們跟著時間走啊走
哈囉，好久沒看到妳
這陣子妳去了哪裡
我還能再看到妳？

讀完之後，我默默地放下寫有歌詞的紙。

這首歌，聽起來是描述昨日的歌。乘載了時間的長流，不經意間，這艘小船也將我們緩緩載到了現在，描述了好多我們一起做過的事。

想不起來到底有幾個雨天，我們在咖啡店見面。

也想不起來，我們一起去聽過多少場 Live Band。

呵，就連某余整天到處惹事、搶 MIC 都幹過好多次了。

太多了，但我仍然覺得不夠。

還想繼續跟余生體驗那些美好的生活，最好能與她一直沉浸在音樂之中。

往日餘生樂團成立了，也即將站上更大的舞台。

站在現在，回首過去是美好而懷念的過去。

而望向未來，我的內心充滿鬥志與期待。

「我有自信這首歌會紅。」我簡單卻堅決地說。

余生慵懶散漫的歌聲，以感性的嗓音去描述美好過去。

歌唱吧。

歌唱出那些一去不復返的日子吧。

「我也覺得會紅。應該說，我們一定會紅。」

余生的自信向來比我更果決。

余生在我身邊緩緩坐下，雙手可愛地圈住縮在胸口的膝蓋。

她哼著弦律，晃動著身子。

「妳在試著哼這首歌的編唱嗎？」

「嗯，是啊。」

「那我拿吉他跟妳一起對對看吧，抓抓感覺。」

「不用了。」

「為什麼？」

我正好奇地提問，余生的手卻攀上我的肩膀。

她略微使力，把同樣坐在地毯上的我壓向後方的床沿。

余生細緻的臉蛋在我眼前變得愈來愈大。那雙深邃得彷彿能看見銀河的雙瞳，此刻正訴說著千言萬語。

她身上那股丁香和醋栗混合的香氣也挑動著我，好香。

「吻我。」余生說。

「……」我整個人愣在原地，無法動彈。

我一定是中了名為余生的魔咒吧，這麼容易就被她石化。

好緊張。

心跳好快。

明明房間開了冷氣，我卻感到一股熱氣從脊椎往上竄。

應該沒有流汗吧，要是被發現就太尷尬了。

心裡思緒飛快，但事實上我連動也動不了，說話更是說不出一個字。

「我……」

「什麼也別說了。」

余生下令。

她單手從後方繞過我的脖子，擦上豆沙色唇膏的迷人嘴唇在離我極近的距離停了下來。

我能清楚感受到余生呼出的鼻息，與她手上傳來的溫暖。

余生像在玩弄我似的在最後一刻停下，並微微勾起嘴角，觀察著我的反應。

「噯，林天青。」

「……嗯。」

「你是第一次嗎？」

「……第一次？什麼……」

「看起來就是呢。」

余生露出邪惡的笑容，並以壓倒性的氣勢吻向我。

我能感受到她的貝齒與柔軟至極的嘴唇。她一會兒像是啄木鳥般輕啄，一會兒像是毛毛蟲般溫柔地蠕動。

漸漸地，我能動了。

我開始試著抱住余生，並給予回應。

就算余生看起來具有女王般的氣場，但實際抱在懷裡，依然是個肢體柔軟而纖瘦，就是高了一點的女孩子。

霧灰色的長髮搔動著我的脖子與臉頰，她具有空氣感的瀏海之下，那雙輕輕閉起、顯得迷濛的眼神……

天啊，我感覺一輩子也無法忘記這個感覺。

深深陷入，名為余生的漩渦。

余生把我壓在床沿邊，單手拉起我的手，並繞到我的脖子後方。

我正想說什麼，她卻比了噓——不要說話的手勢。

隨後，余生毫不遲疑地咬向我的脖子側邊，一股被電擊般的感觸傳來。她的小腦袋緊緊貼著我的臉龐與肩膀處，依偎在一起。

我試著把手伸回來，余生卻施以更強的力量將我壓制著。

「……」

一陣陣從未感受到的觸感傳來。

當我快要受不了時，余生將我放倒在地毯上。

她跨坐在我的身體上。

「余生……」

「什麼也別說了。」

余生又拋出這句。

被她壓制在地上的我先是往右邊一看，看見了床底下無數本雜誌與樂譜。往左邊一看，看見了剛剛被我放下的吉他。

真的是進入音樂與余生的世界了。

空氣間都是余生的香水氣息，她的髮香早已渲染到我身上，氣氛到了一觸即發的狀態。

余生卻還是淡定自若，就像是在玩著普通小遊戲一樣。

余生把手落在我的胸口上。

「想嗎？」

「……」

「哈哈，讓你說出來，好像太為難你了。算了。」余生的眼神帶有深刻的魅惑，幾乎又讓我瞬間失了神。

好可怕，從我第一天遇到她，就多少有意識到這件事了……

「我、我只是沒想到今天會變成這樣……」我小聲地呢喃。

余生直率地笑了。

她用手盤起肩膀後的霧灰色長髮，簡單地紮成一個可愛而帥氣的馬尾。

余生的這個小馬尾造型真的太正了。我空閒的雙手不知道要放哪裡，想了想，最後放上余生光滑而柔嫩的雙腿。

余生再次探前、趴下身，從正面吻了我。

同時，我們也進入了彼此。

這一艘乘載了無數回憶，正行駛在時光長河的小船上，只有我與余生兩名乘客，正順著越加湍急的水流急速向下流奔去。

我們無力阻止，也無意阻止。
這一個小時，注定成為我們一生的回憶。

chapter

Before the Rain

後記

乾，好久不見了，大家。

好吧，其實不是好久不見，上一次兩本書之間沒有隔半年，不知道是多久以前的事了，可能是迷途之羊2吧。

一般來說，混吃一年出兩本已經是極限了。

這次之所以會燃燒混吃，多寫了一本，只是因為這本書是——往日餘生。

這甚至是混吃最想寫的作品。

有些關注混吃比較久的鐵粉應該有聽我提過這本書。

往日餘生是當初在青雨之絆規畫的系列中，本來就該寫的一本。當初有所謂今日之歌、昨日之歌、明日之歌，一共三本。

橫跨了所有時間維度，乘載所有時光的記憶。

一年前因為很多原因，往日餘生最後沒有寫出來，也沒有出版。但混吃覺得，這本書才是真正該寫的書。

我很喜歡余生啊。

颯爽的個性、強勢的氣質、任性卻又堅強。

當初她與青雨之絆的葉雨湹，從規畫裡就是雙女主的計畫。但說實話，混吃無疑更偏心余生，她也是更亮眼的那個。

這本書之所以能出版，除了混吃的任性之外，也多虧了責任編輯的支持。

混吃從來沒有要求過出版某本書。

但這本我要求了，也可以出版了，真的十分感謝。

混吃也來說說自己的事吧。

從迷途完結以後，或許是因為步入社會兩年多了，被社會磨去了感性，混吃也不再是當年青春的少年，很多事情都變了。

在以前，寫作本身就是寫作的全部。

在如今，寫作本身早已不是寫作的全部。

寫小說，也不再是混吃生活裡第一重要，甚至第二重要的東西了。

混吃是作家。

在出版點偵系列以前，就已經寫過十幾本長篇故事了，以一本七萬字計算，在混吃出道以前，混吃完成的小說就超過百萬字了。

當時就算沒有出版，混吃也寫得很快樂。

最大的目標就是出版。

最大的夢想，就是讓更多人看到微混吃等死所寫的故事。

一晃眼，幾年過了。

混吃出版了點偵，靠著還算可以的運氣，加上抽編輯抽到SSSR，對環境與趨勢足夠敏銳，勉強完成了第一套作品。

再來就是迷途之羊了。

那是混吃燃燒殆盡所寫出來的本格作品，也是一語道破混吃風格的作品。

很開心，在那趟旅途裡遇到大家。

每次的簽名會、每次出書時好多好多條留言，還有迷途完結時，三百多條認真的回應。

無數次我都很累了，也無數次早就想跟編輯拍桌了，呵呵。

但因為大家，我還能寫下去。

回首一望。

當年高中的混吃、大學的混吃，心裡的目標早已達成，我不由得在想，現在是什麼支持著我繼續寫下去？

或者說，我還有什麼理由每年出版兩本書？

想來想去，這個問題並沒有答案。

混吃是喜歡寫作的人，至少以前肯定是。現在，也不能說是不喜歡，但混吃好像漸漸覺得，這一趟旅途已經太長了。

長得我甚至無力追憶。

在終點之後，剩餘的是什麼？

我所追尋的夜星，又是什麼？

只是想出版小說，想要更多讀者，想要寫出更好的故事？早已都不是混吃的目標。

那繼續執筆，所為何事？

——「噯，有人知道嗎？」

啊哈，這個問題肯定不只困擾著混吃，相信買下這本書、看到現在的你，或多或少也有一樣的問題。

大家都迷茫。

無處不迷茫。

我最希望這本書能帶給你們什麼。認同也好、找到相似的人也好，歸屬也好、懷疑納悶也好。

真有什麼，我就不算白寫了。

迷途之羊是混吃的青春，混吃相信也是相伴不少人學生時代的故事。

能成為大家記憶裡短暫的一瞬，無疑地，我已心滿意足了。

這趟旅途走到現在，能讓我繼續走下去的只有大家。

最後，謝謝這本書的責編與繪師、三日月的全體工作人員。

感謝包容混吃，一路拖稿，始終如一。

FB & Instagram & Youtube 都能找到野生的微混吃等死。

求 Carry。

微混吃等死　秋分

高寶書版集團
gobooks.com.tw

輕世代 FW369
往日餘生

作　　者　微混吃等死
繪　　者　手刀葉
編　　輯　陳凱筠
封面設計　彭裕芳
內頁排版　彭立瑋
企　　劃　鍾惠鈞

發 行 人　朱凱蕾
出　　版　三日月書版股份有限公司
　　　　　Printed in Taiwan
地　　址　臺北市內湖區洲子街88號3樓
網　　址　www.gobooks.com.tw
電　　話　(02) 27992788
電　　郵　readers@gobooks.com.tw（讀者服務部）
傳　　真　出版部　(02) 27990909　行銷部 (02) 27993088
郵政劃撥　50404557
戶　　名　三日月書版股份有限公司
發　　行　英屬維京群島商高寶國際有限公司台灣分公司
　　　　　Global Group Holdings, Ltd.
初版日期　2021年12月

國家圖書館出版品預行編目(CIP)資料

往日餘生 / 微混吃等死著.-- 初版. -- 臺北市：三日月書版股份有限公司出版：英屬維京群島高寶國際有限公司臺灣分公司發行, 2021.12-
面；　公分. --

ISBN 978-986-0774-52-8(平裝)

863.57　　110019702

三日月書版

GOBOOKS & SITAK GROUP©